追放された悪役令嬢ですが、モフモフ付き!? スローライフはじめました

友野紅子

STARTS
スターツ出版株式会社

目次

カーゴ

地味で目立たないようにしているが、実はかなりのイケメン。特大の秘密を抱え、カダール皇国よりお忍び留学中。

付き人

ルーク

カーゴと行動を共にする、ガテン系男子。

極上モフモフ

プリンス

モコふわな白虎。正真正銘の虎だが、なぜかアイリーンは猫だと思い込んでいる。雨の日だけ、姿を現す。

転生令嬢

アイリーン

乙女ゲームの悪役令嬢に転生。前世の料理スキルを生かして、苺カフェをオープン。町の人々はもちろん、モフモフの胃袋もゲット!?

追放された悪役令嬢ですが、モフモフ付き!?スローライフはじめました

CHARACTER INTRODUCTION

学園の裏ボス　リリアーナ

清純派ヒロインの仮面をかぶった、腹黒令嬢。あの手この手でアイリーンを退学に追い込む。

取り巻き三人娘　エミリー&ミュエル&イヴァンカ

リリアーナを〝お姉様〟と呼び、熱狂的に慕う妹分。

攻略対象のひとり　エヴァン

三白眼が特徴の厳つい系マッチョ。リリアーナの本性に気づかず、ゾッコン中。

カフェのオーナー　シーラ

心優しいおばあさん。アイリーンを店長に抜擢する。店の大人気メニュー『ストロベリーパイ』の発案者。

苺農業組合の古参　ジェームズ

苺農園を営む。シーラと親しく、なにかと力になってくれる頼もしいおじいさん。

追放された悪役令嬢ですが、
モフモフ付き⁉スローライフはじめました

悪役令嬢ものんびり暮らしたい

窓から見下ろす浅草（あさくさ）の街が、そぼ降る雨に濡れていた。晴れた日にはクッキリと見えるスカイツリーの尖塔（せんとう）も、今朝はその輪郭がかすむ。

一夜明けても降りやまぬ雨にひとつため息をついて、カーテンをシャッと引く。窓に背中を向け、なんの気なしに壁掛け時計を見上げて、ビクンと肩を跳ねさせた。

「わっ⁉　もうこんな時間！　仕事に遅れちゃう！」

通勤鞄（かばん）を肩にかけ、昨日のうちに用意していた紙袋を掴（つか）むと、大慌てで自宅マンションを飛び出した。

濡れそぼつ傘をたたみながら、自動扉をくぐる。

腕時計に目線を落とせば、時刻は八時二十分。

……よかった、これなら余裕だ！

駅までの猛ダッシュが功を奏し、私は始業の十分前にオフィスビルの地上ロビーに到着していた。

右手に握る紙袋をそっと胸もとに引き寄せて、三階のオフィスエントランスに続く直通エスカレーターに乗った。

……加護社長、喜んでくれるかな。

チラリと見下ろす紙袋にはお手製のシフォンケーキが入っている。これは私のお菓子作りの趣味を知り、目を輝かせた社長への差し入れだ。いつもいろいろと気にかけてくれる加護社長は、入社したときからずっと私の憧れの人だった。これを渡したときの彼の反応を想像すれば、しらず頬が緩んだ。

それにしたって加護社長が無類の甘い物好きだなんて、意外だなぁ……。ううん、やっぱり雰囲気的に大酒飲みっていうよりは、スイーツ男子ってタイプかも……！

私はひとり、脳内妄想に忙しかった。

エスカレーターが間もなく三階に到着しようかというとき、上から居丈高な声がかかる。

「ちょっと愛莉、あんた朝からなにニマニマしてんのよ？　気持ち悪い」

「里奈……！」

見上げれば声の主は同僚の里奈で、どうやら彼女は私のことを上から眺めていたらしかった。

……気持ち悪いと言いながら、なぜ声をかけてくるのか？　入社当時からなにかにつけて突っかかってこられ、私はすっかり辟易していた。

里奈とは永遠に相いれない気がする。この際、転勤でも出向でもなんでもいい。願わくば彼女と離れ、のんびりと平穏に日々を過ごしたいものだ。

「べつになんでもないよ」

私はすげなく答えると、身をくねらせて待ち構えていた里奈をよけながら、オフィスエントランスに踏み出した。

「……それ、なんなのよ？」

「や⁉　返して！」

突然手が伸びてきたと思ったら、紙袋を乱暴に掴んで引かれた。

取り上げられてはたまらないと、グッと紙袋を引き返した。ところがその瞬間に、紙袋から手を離されたことで、うしろに引いた力に体ごと持っていかれ、バランスを崩してしまった。雨でエスカレーターの昇降部分が濡れていたことも災いした。

え？と思ったときには、私は足をすべらせて三階から地上に続く長いエスカレーターを転がり落ちていた。幸か不幸かエスカレーターには誰も乗っておらず、遮るもののないまま落下の勢いはますます増した。

激しく打ちつけられて、体がゴム鞠のように跳ねる。里奈の黄色い悲鳴と周囲のざわめきを、どこか遠くに聞いていた。

「柏木――‼」

その時、よく知る声が耳を打った。

……あぁ、加護社長。すでに私の体は、ほとんどの感覚を手放していたのだけれど、その声を聞いた瞬間は、ふんわりと胸が温かくなるのを感じた。

「柏木、しっかりしろ！」

騒ぎを聞きつけて、飛び出してきたのだろう。いつも冷静沈着で、表情を崩さない加護社長の、こんなふうに取り乱した様子を見るのは初めてだった。

人ごみをかき分けて駆けつけた加護社長は泣いていた。その涙の滴が、私の頬に弾ける。

彼の唇がゆっくりと開かれたように見えた。

「――」

けれど無情にも、加護社長の姿がかすむ。目が、耳が、五感のすべてが遠くなる。

加護社長のために作ったシフォンケーキは紙袋から飛び出して、無残につぶれていた。

……いい出来だったんだけどなぁ。

もう、加護社長に食べてもらえないことが残念だった。

……あぁ、だけど最後に目に映ったのが、あなたでよかった。そうして最後に聞けたのがあなたの声でよかった。

そんなふうに思ったのが、最期。ポタリ、ポタリと滴が頬を弾く感覚も、すべてなくなった。

今でも私は、ふとした折に思い出す。

あの時、加護社長はいったいどんな言葉を紡ごうとしたのだろう——?

＊＊＊

「アイリーン・オークウッド、またお前か！　本当にいい加減にしろ！　どうしてお前はこう、何度もトラブルを起こすんだ！」

終業後のホームルームで、私は教壇前に立たされていた。こんなふうに教師から叱責を受けるのは、今月でもう四回目。度重なる私の問題行動に教師は激昂しているのだけれど、私はそんな教師をよそに、記憶の中の『桃色ワンダーランド』のシナリオを思い起こすのに忙しかった。

……ええっと、トータルで数えると、これで呼び出しも両手の指の数くらい。となれば、きたる退学イベントも、きっともう間もなくだ――！

明るい想像にパァッと頬が綻びかけて、慌てて口角を引きしめた。

ちなみに、『桃色ワンダーランド』というのは、私が前世の日本で夢中になっていたゲームのこと。ゲーム中のミッションをクリアしながら意中の男子生徒との関係を深めていく、女性向け恋愛シミュレーションゲームだ。……え？　なんで中世ヨーロッパ風の世界に生きる私がそんなことを知っているのかって？

「おい！　聞いているのか⁉」

……あ、ヤバイ。考えごとしてたのがバレちゃったかな。あるいは間に合わなくて、ちょこっと笑っちゃってたのかも。

「はい。一応耳は機能しているはずなので」

「ふざけるな！」

私の回答がお気に召さなかったようで、教師は顔を真っ赤にして、わななく唇で叫んだ。

……すごい。まるで瞬間湯沸かし器を見てるみたい。

私は不謹慎にも前世の日本で使っていた便利家電を思い出していた。

懐かしいなぁ。こっちではお茶を一杯飲むのだって、焜炉でお湯を沸かすところからだもん。

「もういい！　今回の一件は、学園会議にかけ、処分を決める。それまで自室で謹慎していろ！　行きなさい！」

「……はい」

うつむき加減で神妙に答えながら、私は着々と迫る退学の足音にほくそ笑んでいた。

生徒らの低くささやき合う声と、クスクスという笑い声をＢＧＭに、足取り軽く教室を後にする。

「フンッ。私に盾突こうとするからこうなるのよ」

今さら、生徒たちのざわめきになにを思うでもないけれど、すれ違いざまのリリアーナのささやきと嘲笑には、ちょっとピキンときた。

「ふんだ。そうは言ったって、盾くらい使わなくちゃ学園という名の戦場で我が身が守れないじゃない」

学舎の廊下を進みながら、私は唇を尖らせていた。

本当なら、私だってまどろっこしい盾なんて放り出し、槍でリリアーナを返り討ちにしてやりたい。だけど悲しいかな、どんなにあがいても私には、絶対に槍は握れない。

だから、私はせいぜい盾を突き、我が身への被害を最小限に抑えながら、きたる日を指折り数えて過ごすのだ。

「はぁあ～。でもさ、ああもあからさまに言われっぱなしじゃやるせないよねぇ」

特大のため息をつきながらなんの気なしに頭上を仰ぎ見れば、一面に描かれた荘厳な天井画が目に飛び込んだ。

おもむろに足を止め、廊下をぐるりと見回す。大きく取られたアーチ状のくりぬき窓も、緻密な彫刻が施された支柱も、見渡すそこかしこが息をのむほどに美しかった。

『桃色ワンダーランド』の舞台である、ここセント・ヴィンセント王立学園は、まるでそれ自体が芸術作品のようだ。

私はそんな美麗な学園で繰り広げられる恋模様に、心を熱くしたのだ。

……だけど、今では思う。エヴァンにニコラ、ロベールといった攻略対象の生徒は、リリアーナの裏の顔に気づこうともせず、鼻の下を伸ばすばかり。そんな彼らなど、ちっともかっこよくなんてない。

「……それだったら、カーゴの方が百倍もかっこいい」

私はゲーム内では名前すら出てこなかった、クラスメイトの姿を思い浮かべた。


……あ、雨がやんでる。

学舎を出ると、昨夕から降り続いた雨はやんでいた。私は少しだけ軽くなった心で、女子寮へと続く屋根のない歩行路を進んだ。

「アイリーン」

背中に声をかけられて振り返る。

「カーゴ！」

男子寮の方向から小走りに駆けてきたカーゴが、私の前で足を止めた。

カーゴは隣国からの留学生で、私より頭ひとつ分以上高い長身に、均整のとれた体つきをしている。ただし今、私の前でスッと背筋を伸ばして立つ彼は、なぜか教室内では常に背中を丸めており、クラスメイトは誰もそのスタイルのよさに気づいていない。

同様に、彼の造作の美しさにも気づかない。カーゴは、長めの前髪で顔の半分ほどを隠してしまっているが、とても整った容貌をしている。

私は髪の隙間から時折覗（のぞ）くシャープな目もとにドキリとするし、グリーンの瞳の美しさには息をのむ。

本人に尋ねたことはないけれど、なんとなく、カーゴは意図的に己の造作を隠しているような気がした。

そしてカーゴは、私との接触を躊躇（ちゅうちょ）しない。周囲から近づかない方がいいと助言を受けても『俺はこの目で見ていない悪事をうのみにはしない』と、そう言って一蹴してしまうのだ。

「ずいぶんと帰りがはやいな。もうホームルームが終わったのか？」

「うーんっと、……まぁ、うん。そんなことよりカーゴはもう大丈夫なの？」

わずかな逡巡（しゅんじゅん）の後、私は答えにくいカーゴの質問をスルーした。そしてさりげなく、質問をかぶせる。

「昨日の早退からずっと心配していたのよ。体はもう平気なの？」

カーゴは病弱で、よく授業を休む。とくに天気が悪い日は体調も優れないようで、昨日に続いて今日も朝から授業を休んでいた。

「ああ、今はもう大丈夫だ。それより、俺のさっきの質問に答えてくれ。まだ、学舎から生徒は誰も出てこない。なのになぜ、君はここにいる？」

……あら。華麗にスルーしたつもりでいたけれど、残念ながらカーゴはごまかされてはくれないらしい。

「なぜと言われれば、自室での謹慎を言い渡されたから、かな」

前髪に隠されたカーゴの表情はよく見えない。だけど、きっと険しい表情をしているのだろうと思った。

「謹慎になった原因は？」

「うーんっと……」

続くカーゴの問いに、私は言いよどんだ。ただしそれは、告げることを躊躇したからではない。

私は今回も事実無根の罪をかぶせられており、その詳細がわかっていなかったのだ。

「礼拝堂の清掃当番中に、私がなにかを壊したのは間違いないんだけど……。担任もかなり怒っていたし、もしかしたら礼拝像を破壊したとか、そんな感じかな？　……いや、さすがにそんな罰当たりなことは誰もやりたがらないか。だとすると、祭壇を壊したんだと思う！」

私の清掃後に、リリアーナの取り巻きが行った破壊行為……。私が必死に想像力を働かせ、なんとか答えてみせれば、カーゴはあきれたように特大のため息をついた。

「俺は時々、君のことがわからない。リリアーナたちが君を陥れるために講じる手段は稚拙で、まるで子どもだましのようだ。君が本気になれば、それらを退けることも、できるのではないかと思っている。なのにどうして、幾多にわたる不当な追及や断罪をすべて甘んじて受け入れる？」

カーゴの言う通り、私はこれまで受けてきた不当な追及に関して、その根拠となった証言の矛盾点や相違箇所をすべて把握していた。

だけど私に、それらを退ける術はない。

「べつに、甘んじてってわけではないんだけど……」

もちろん、声を大きくして不当性を主張するつもりもない。なぜなら、こうなる運命だと悟ったから。どんなにあがいたところで、学園追放は覆らない決定事項だと、私は知っている。

自分が〝あるシナリオ〟の登場人物なのではないかという疑念は幼少期から感じていた。そうして十六歳でセント・ヴィンセント王立学園に入学する段になり、私の疑念は確信に変わった。

……そう、入学式の当日に学園正門をくぐろうとしたまさにその瞬間、愛莉の記憶が一気によみがえってきた。そして今の〝自分〟に衝撃を受ける。

私はどんな神様の悪戯か、よりにもよって前世で夢中になっていた恋愛シミュレーションゲーム『桃色ワンダーランド』の悪役令嬢アイリーン・オークウッドに転生していたのだ。

先の展開に『ひぇぇえっ』っと恐れおののき、正門からUターンして学園からの逃走を図った。なのに、同行していたお父様が、目にも留まらぬ速さで私の首根っこを引っ掴み、『高い入学金と学費を払ったんだ。払った金額分、学んでこい』とすごんだ。悪役令嬢の私以上に、悪役感のムンムン漂う父の強面にすごまれて、私は蛇に睨まれた蛙になった。そのまま父の手で『入学おめでとう』のコサージュをくっつけられ、泣く泣くちっともおめでたくない入学式に臨んだのだ。

しかも私の衝撃はそれだけにとどまらない。可憐なヒロイン、リリアーナの本性を知り、私は激しく打ちのめされた。当初は筋書き通りになってたまるかと、悪役令嬢のフラグをへし折るべく、それはもう必死になって奮闘した。

だけど見えざる神の手、ならぬ、『桃色ワンダーランド』のシナリオを手がけたカリスマライター天王寺桃子の手によって、すぐに軌道修正がなされてしまう。どんなに奮闘しても、問答無用でそのフラグは再びしっかりと立てられてしまうのだ。そんな無情を前に、私になす術はなかった。

今でこそ、こうして悟っている。だけど、この境地に至るまで、いったいどれだけ枕を涙で濡らしただろう……。

私は遠い目をして、初めて悪役令嬢としての洗礼を受けた、あの日へと思いを馳せた——。


学園入学から三日目、私はレクリエーションでクラスメイトらと学園からほど近い草原に向かっていた。このレクリエーションこそ、私が悪役令嬢として悪事をやらかす最初の場。そうなると悟っていた私は、恐々としてこの日を迎えていた。

ゲーム内のひとコマゆえそこに至るまでの詳しい経緯は省かれていたが、大筋はこうだ。私が同級生のジュースを盗み、それをヒロインに指摘されて『ジュース泥棒』の汚名を着せられる。どうして私が他人のジュースなど盗むに至ったかは不明だが、とにかく私は間違ってもジュースに手を触れぬよう肝に銘じ、万全の準備でもってこの日に臨んだ。

ところが、学園を出発した直後、私に謎の腹痛が襲いかかった。私は猛烈な痛みになす術なく、養護教諭の許可を得て救護用の馬車に同乗させてもらった。

『私はクラスの方でお手伝いがあるから行くけれど、あなたはこのまま休んでいていいわ』

『すみません』

目的地に到着すると、養護教諭は私を馬車に残してクラスに合流した。

私がひとり、車内後部の座席で休んでいると、突然前方の扉から誰かが車内に入ってきた。

……誰だろう？

『目論見通り誰もいないわね』

……ヒロインのリリアーナだ！

リリアーナは可憐な見た目の美少女で、成績優秀で心根も優しく、男子生徒たちの憧れの的だ。その細やかな気遣いと面倒見のよさで、女子生徒からも慕われている。当然、教師陣からの信頼も厚く、クラス内では一目置かれた存在だった。

そして彼女の少し甲高い声は特徴的で、そのかわいらしさを際立たせていた。

……だけど、気のせいだろうか？

その時、聞こえてきた彼女の声は、教室内で耳にする優しげなそれとは違い、なんだか投げやりな感じがした。

『はー、かったるい。てゆーか、こんな日差しの下に長くいたら日焼けしちゃうじゃないの。……あら？　なにかしら？』

リリアーナは前方の座席でなにかを見つけたようで、ガサガサとやっていた。

『まぁ、ジュースじゃないの！』

リリアーナの口にした『ジュース』という言葉にドクンと胸が跳ねた。

――キュポンッ。

……え!?　不穏な台詞に続き、コルクを抜く小気味いい音を耳にして跳ね起きた。

嘘でしょう!?……積み荷に勝手に手をつけて、いいわけがない――！

――ゴキュッ、ゴキュッ。

っ!?　だけど私が声を発するよりも前に、リリアーナは嬉々として喉を鳴らし始める。

『あ～、おいしい！　だけどこれ、一本の量が少ないのが難点ね。とはいえ、これだけあれば数本減ったところでわかりゃしないわね。ちょうど喉がカラカラに渇いてたから助かっちゃった』

――キュポンッ。――キュポンッ。

――ゴキュッ、ゴキュッ。――ゴキュッ、ゴキュッ。

慌てて注意をしようと口を開きかけるも、怒涛のごとき勢いで積まれていく空瓶を前に、私の口は半開きのまま岩のごとく固まった。『キュポンッ』と『ゴキュッ』のエンドレスに、瞬きの仕方も忘れて見入り、聞き入る。

……ハッ‼

『ちょっ、駄目だよ！　積み荷に勝手に手をつけるなんてなんのつもり⁉』

なんとか正気を取り戻して声をあげれば、リリアーナはすでに何本目ともわからぬジュースを手に掴み、緩慢に振り返った。

『……やだ、なんでいるのよ？』

後部座席の私を不遜に見返すリリアーナに、悪びれた様子は微塵もなかった。

『なんでって、私はお腹が痛くてここで休ませてもらってたの』

『ふーん。たしかあなた、アイリーンって言ったかしら。……ねぇアイリーン、私たち同じクラスの仲間よね？』

するとここで、リリアーナが先ほどまでの不遜な態度から一転し、殊勝な態度で私に向かって身を乗り出してきた。

『え？　それはもちろん、クラスメイトだし』

若干押され気味になりながら、うなずく。

リリアーナは手にしたジュースをもとの箱に戻すと、上目遣いに私を見た。キラキラと潤んだ瞳を向けられて、ビクンと体がのけぞった。

『私ね、炎天下の慣れない移動で脱水になりかけていたのよ。いけないことだとは思いつつ、目の前に積まれたこれを飲まずにはいられなかった。これを飲まなかったらきっと私、倒れてしまっていた』

……え？　リリアーナの言葉に首をひねる。

だって、リリアーナは日焼けを嫌がって、『かったるい』と悪態をつきながら馬車に乗り込んできたのではなかったか。

『お願いアイリーン、ここで私を見たことはどうかクラスのみんなには黙っていて？　いくら渇きに耐えられなかったからとはいえ、勝手に人様のものに手をつけただなんて、みんなにはとても言えない。その上、万が一にも泥棒の汚名まで着せられてしまっては、私はもう生きていけない』

……私の目がおかしいのか、本当のところはわからない。

しかし、およよと泣き崩れるヒロインが与える破壊力たるやすさまじい。リリアーナのバックには悲壮感のブリザードがビュービューと吹きすさび、容赦なしに私を悪役に仕立て上げる。

ゴクリとひとつ、唾をのむ。

『わかったわ。私は今見たことに、口をつぐむ』

リリアーナの言葉にほだされたわけではないが、かといってわざわざこれをクラス中に言いふらすつもりもなかった。

『ありがとうアイリーン！　あなたは私の親友よ！』

私の答えにリリアーナは満面の笑みを向けた。

『だけど、ひとつだけ……。この件をクラスのみんなに言う必要はないけど、自分で養護の先生にはきちんと報告をして？　報告をしないまま数が合わないとなれば、騒ぎが大きくなってしまうから』

『……そうね』

リリアーナはスッと笑みを引っ込めると私に背中を向けて、ぶっきらぼうに答えた。

『もう戻るわ』

そう言って、リリアーナは馬車を出ていった。

――コンコン。

『具合はどう？』

リリアーナが馬車を出ていって小一時間が経った頃、養護教諭が車窓越しに問いかけた。

『はい、もう大丈夫です』

学園を出発した直後のお腹がねじれるような猛烈な痛みは、すっかり治まっていた。

『そう。それならクラスに合流して、昼食にしましょう』

『はい』

私は馬車を出て、養護教諭と共にクラスのみんなに合流した。

『皆さん、今日はロジェ君の実家の葡萄酒工房から特製の葡萄ジュースを人数分いただいています。私の乗る後続の馬車に積んでいますから、日直の生徒さんは後で荷おろしを手伝ってくださいね』

……なるほど、あのジュースはクラスメイトからの差し入れの品だったようだ。

養護教諭の言葉に、生徒たちは一瞬で沸き立った。それもそのはず、ロジェ君の実家の葡萄酒工房というのは王族御用達の老舗で、数量限定でしか生産されない葡萄酒は幻の名品と呼ばれる希少品だ。もちろん、ジュースだってまたしかり。

……うーん。残念だけど、私は今回はパスすることになりそうね。

リリアーナがすでに報告を済ませたかは定かでないが、仮にまだだとしても今からいくらでも報告する隙はある。今日足りない分は、私が数人の仲間に呼びかけて、ジュースを後日のお楽しみとしてもらえばまったく問題ないだろう。

私はそう納得して、木陰でほかの生徒らと共に持参したランチボックスを開いた。

だけど、いざジュースを配布しようという段になって事件は起こった。

『……あら？　ジュースの本数が足りないわ』

え？　養護教諭の声に、私は弾かれたように顔を上げた。

『あの、先生！　こんなことを言うのは心苦しいのですが、私見たんです。体調不良で休んでいるはずのアイリーンが、馬車の前方の座席でなにやらガサガサとやっているのを……』

リリアーナのあげた声で、全員の視線が私に突き刺さった。

『ちょっと待って⁉　私は――』

『先生もみんなも、どうかアイリーンを許してあげて！　彼女はお腹を下して脱水になり、やむにやまれずジュースに手をつけてしまったんです！』

私の弁明はなぜか、背中にスポットライトを背負ったリリアーナによって遮られた。

そのままリリアーナはスポットライトに照らされて、情感たっぷりなひとり芝居を展開する。

なんて悲壮感たっぷりな、照明による演出……！　圧倒され、ゴクリと喉を鳴らす。

光はリリアーナの公正さを際立たせ、私の有罪を雄弁に語る。

な、なに⁉ この、神憑り的な演出構成の技術は――⁉ 私は呆気にとられ、食い入るようにリリアーナを見つめていた。

『……本当は私、こんな告げ口のようなことはしたくなかった。だけどアイリーンが、きちんと先生に報告しないから。アイリーンがちゃんと私の説得を聞き入れて先生に報告していたら、わざわざみんなの前でこんなことを言わなくて済んだのに、……アイリーンの馬鹿っ』

うぐぁっ‼ リリアーナがかわいらしく叫んだ『馬鹿っ』が、槍のごとき威力で私の胸をひと突きに打ち抜く。

恋愛シミュレーションゲームに体力の残量を示す〝ヒットポイント〟、通称〝HP〟の概念はないはずなのに、私のHPはガリガリと削られて点滅を繰り返す。

意識も一瞬、吹っ飛ぶ。

『よく教えてくれましたね、リリアーナ。あなたが心を痛める必要はありませんよ。あなたの取った行動は、人として実にまっとうです』

しかし、一瞬の思考停止がアダとなる。

『アイリーン、あなたにはガッカリしました。泥棒行為をした上に、友の助言まで無視をして知らぬ存ぜぬをつき通そうなど、よくお天道様の下を歩けたものです。本来なら罰として歩いて帰ってもらうところですが、今日のあなたはお腹を壊していますからそうもいきません。寮に帰ったら自らの行いをおおいに反省し、神様に謝罪をしなさい！』

ハッと気づいたときには、私は勝手に人様のものに手をつけた泥棒になっていた。しかも報告の約束を踏み倒した嘘つきで、かつ腹下しというちょっと恥ずかしいおまけ情報まで白日の下にさらされた！　この屈辱たるや……うん、安定のシナリオ通りだ‼

——意識が今へと舞い戻る。

あの一件により、ゲームのシナリオ通りにリリアーナはクラス内の天使となり、私には『ジュース泥棒』という不名誉なあだ名がついた。しかしこれはまだ、ほんの序章にすぎない。

その後も私は、ますますヒートアップするリリアーナの策略にまんまとはめられる形で、髪飾り泥棒や階段からの突き落とし犯などなど、着々と『悪役令嬢』としての地位を築いていった……。

「おいアイリーン、大丈夫か!?」

遠い目をして物思いに意識を飛ばしていた私に、眉根を寄せたカーゴが迫る。

「あ……、ごめんなさい。ちょっとぼうっとしちゃってた」

「いや、不当な謹慎処分を言い渡されて気丈にしていろという方が難しい。とにかく、俺が寮舎まで送っていこう」

「違うのよ、カーゴ。ぼうっとしちゃってたのは少し考えごとをしていただけで、謹慎のショックとかじゃないの。心配してくれてありがとうね」

「ならいいが……」

心配そうに私を覗き込むカーゴのグリーンの瞳のまばゆさに鼓動が跳ねる。同時に、悪役令嬢の私にこうも心を砕いてくれるその姿に、胸の奥、深いところがじんわりと熱くなった。

「あのね、心配してくれるカーゴにだから言うけど、私は今回の謹慎をうれしくこそ思っても、悲しくは思っていないの。もっと言うと、私はこの日を待ってもいた」

……今ならばわかる。悪役令嬢をまっとうすることが『桃色ワンダーランド』の世界にアイリーン・オークウッドとして転生した私の宿命で、悪役令嬢を立派にまっとうしないことには、安寧の暮らしは訪れない。

ちなみに、追放後のアイリーン・オークウッドの動向は『桃色ワンダーランド』には描かれていない。

私は悪役令嬢の看板を掲げたまま学園から身を引いて、ひっそり田舎に移って第二の人生をのんびりと静かに過ごす。これが、悪役令嬢として転生した私がひそかに温めてきた夢だ。

「これでやっと身を引ける」

意図せず、本音がポロリと漏れ出た。それを耳にしたカーゴは驚きに目を見張った。

「……それはまた、ずいぶんと達観した発言だな」

カーゴがつぶやいた台詞に、内心でドキリとした。

おっしゃる通りで、私はこの世界で過ごした十七年だけじゃなく、あやふやな部分はありつつも、前世の日本で生きた二十三年の記憶も持っている。

足し算すれば、私の精神年齢は四十歳。実年齢の倍以上の人生経験を持っていれば、同年代より達観もしているだろう。

「どうだろう。だけど、誰だって争いごとは嫌でしょう？」

カーゴは私の真意を探ろうとでも言わんばかりに、鋭い目つきで見つめていた。

「とにかく私はもう、この学園に未練はないの。これでやっと田舎でのんびり暮らせる。窮屈な寮暮らしを一年近く、よくがんばったわ」

悪戯っぽく微笑んで、ヒョイと肩をすくめて告げた。

女子寮では、あてがわれた自室を一歩出れば食堂から大浴場、果てはお手洗いまで共用だ。リリアーナの底意地の悪い忍び笑いと陰湿な視線に終始さらされて過ごすのは、もううんざり。私ははやくここを脱して、田舎でひとり、ゆっくりと羽を伸ばしたい。

「俺は正直、予想もしていなかった君の発言に驚いている。……だが、君に学園に残る意思がないことはよくわかった。それにどうやら、君の心はすでに退学後の未来に向いているようだ」

カーゴは少しの間を置いて、口を開いた。

声にしていない私の思いまで的確にくみ取ったカーゴの言葉に、私は内心でかなり驚いていた。

「君が学園を出るなら、俺も今後を考えなおさないとな……」

続くカーゴのつぶやきは小さくて聞こえなかった。

「え？　なぁに？」

「いや、なんでもない。正式に処分が下ったら、すぐに俺に教えてくれ。――そうだ、急用を思い出した。すまないが、行くよ。それじゃあ」

カーゴはそう言って、くるりと向きを変えると、足早に守衛門の方向に駆けていった。

この時間からの外出は許可申請も大変だ。

どうやらカーゴは、よほど重大な用事があるようだ。

「あ！　カーゴ、お大事にね！」

慌ててかけた私の言葉に、カーゴは右手をヒラヒラと振って応えた。やがて、その背中は見えなくなった。

……めっちゃ足、速い。

カーゴが行ってしまい、私も女子寮に向けて歩きだす。

「……だけどあれ、病弱な人の走り方？」

数歩進んだところで、疾風のごとく駆けていったカーゴの姿を思い返し、私はひとり首をひねった。

待ちに待った退学の日。

ウキウキと向かった学長室には、学園長や教師らと共に、なぜかリリアーナの姿があった。

……え、なんでいるの？

さっさと退学を言い渡してもらい、これで晴れて自由の身になれると心を弾ませていた私は一転、どんよりと心を曇らせた。

「アイリーン・オークウッド、お前の犯した罪は三度の窃盗に、二度の学内備品破損、他学生への暴力行為。ここにいるリリアーナは一番の被害者で、深く心を痛めている。この場でなにか、伝えるべき言葉を持たないか？」

……これはもしや⁉　私は謝罪を要求されている——‼

驚愕に目を見開く。極限まで開いた口は塞がらず、それどころか今にも顎がはずれそうだ。

「……いいんです、学長先生。私は母の形見のエメラルドの髪飾りが無事に戻ってきただけで十分です」

すると、一向に声をあげようとしない私に代わり、いつぞやのスポットライトを持ち出したリリアーナが、悦に入って語りだす。

「なんと寛大な心を持つのか。リリアーナ、そなたはこの学園の鏡のような生徒だ」

学園長はリリアーナに感嘆の眼差しを向けた。

ちなみにエメラルドの髪飾りは、先日実施された荷物検査で、私のコントラバスのケースから発見されたのだが……。屋外運動の授業中にリリアーナの取り巻きたちが私のコントラバスのケースに入れたに違いなかった。

実はこれは、私の中でいまだ納得のいかないベスト5(ファイブ)に入る事件だったりする。

それというのも、ゲーム内では、エメラルドの髪飾りは〝アイリーンの手荷物〟から発見される。それを覚えていた私は対策の手を回し、屋外運動の授業にわざわざ手提げ鞄から運動着の袋、ランチバッグまで全部を持って出た。しかし発見されたのは、音楽室に保管していた、まさかのコントラバスのケースから！

……声を大にして問いたい。天王寺桃子よ、果たして弦楽器の大親分、コントラバスのケースは手荷物というくくりでいいのか⁉　手荷物といえば、普通は手回り品のことを指すのではないの？

「……私から伝えることはありません」

荒くなりかけた息をなんとか整えて告げた瞬間、周囲がどよめいた。

「なんと厚顔無恥な発言を……！」

激昂し、顔を真っ赤にした学園長が、私に向かって踏み出した。

「学長先生、おやめになって！　主は申しております、右頬を打たれたら左頬を差し出せと。我が身が階段から突き落とされようと、私はアイリーンに対し、なにも思うところなどありません！」

すかさず、リリアーナが学園長の腕にすがって叫んだ。

「なんという慈悲深さだ。そなたは学園の鏡などでは足らん。そなたはまるで天使だ」

……リリアーナに差し込む後光。……周囲を舞う、清廉な光のシャワー。

はなはだ遺憾ではあるが、この光景だけ見れば、学園長の言葉に異論など生じる隙もない。

真っ黒悪魔を、天使にだって仕立て上げる圧巻の照明スキルに、ゴクリと喉を鳴らす。やはり『桃色ワンダーランド』の演出構成は尋常じゃない――！

ちなみに、ひとつ注釈を入れさせてもらえば、この階段から突き落とされたという一件は、むしろリリアーナの身から出た錆……。いや、おそらく彼女に私を突き落とそうというまでの意図はなかった。ただし、彼女が階段で私を押そうとしたことは事実だ。

事件のあったあの日、私は階段からの〝突き落とし〟という、冗談にしたって質の悪いゲーム内のイベントに恐々としていた。

私が意図的に危害を加えることは誓ってないが、不慮の事故にしても、リリアーナを階段から突き落とすなど絶対にしたくなかった。そもそも触らなければ突き落とすこともないと考えた私は、極力彼女との接触を避けた。階段を使う際はとくに、周囲にその姿がないか細心の注意を払った。

ところが、その日最後の移動教室で階段を下っているとき、突然うしろから『なに朝から私のこと避けてんのよ？』とささやかれた。ハッとして振り返れば、リリアーナが私を見下ろして不遜な笑みを浮かべていた。それを目にした瞬間、私は本能的に身をよじり、跳ぶようにして彼女から距離を取った。それは、万が一にも私が触れて、彼女に危害を加えてはいけないという、防衛本能に突き動かされての行動だった。

けれどこれが大誤算で、その時リリアーナが私に向かって伸ばした手は、あてる対象をなくしてスカッと宙を切った。彼女は大きくバランスを崩し、ハイヒールの足で踏ん張ることもままならずに、そのまま階段を転げ落ちた。

私はリリアーナを助けようと咄嗟に手を伸ばしたけれど、その腕を掴むには至らなかった。直後、落下した彼女が奇跡的に無傷と知り、私は安堵の息をついた。

ところが無事に助かったはずの彼女は、階下から真っ赤な顔で私を睨みつけて『アイリーンに突き落とされた』と叫んだ。

すぐに、リリアーナを〝お姉様〟と呼び、熱狂的に慕う妹分のエミリーも『私もこの目で見ました！　お姉様に向かってアイリーンが手を伸ばしていましたわ！』と声をあげた。

……エミリーの言葉は、嘘ではない。ただしその目が見たのは、突き落とすためではなく、助けたい一心で伸ばした手だが。

心の中で弁明をしてみるも、当然、憤慨する彼女に届くわけもない。

さらに不運なことに、その時周囲にいた目撃者は、エミリーのみならず全員がリリアーナの取り巻きだった。彼らはリリアーナが白と言ったら、黒でも白と言い張る。よってこの事件も、彼女が私に突き落とされたと言ったから、取り巻きたちの目撃証言により、当然私が犯人だということになった。

こうして私はリリアーナに触れずして、突き落としをやってのけたのだ。

「……先ほども言った通りです。私から伝えることはなにもありません」

この段になると目が慣れてきたのか、繰り広げられるやり取りが少し白々しく見えてきた。私はすげなく答え、いまだ続くリリアーナと学園長の三文芝居をジーッと静観した。

「アイリーン・オークウッドを本校からの退学処分とする」

そうして三文芝居の終わりに、ついに待ちに待った『退学』のひと言が告げられた。

……や、やっ、やったぁあああ――！

耳にした瞬間、稲妻のような歓喜が巡る。同時に、悪役令嬢として過ごした日々が走馬灯のように駆け巡っていく。付随して、頬にはドバーッと涙が伝った。

……あぁ、長かった。だけどついに、悪役令嬢をお役御免できた――！

私が涙ながらに歩み寄ると、学園長はギョッとした様子で一歩うしろに下がった。

私はかまわずに手を伸ばし、強引に学園長の手を掴むと、ブンブンと振り回しながら感謝を伝えた。

「はいっ！　ありがとうございます！　ありがとうございます‼」

学園長をはじめ、全員がドン引き……いや、奇妙な物でも見るような目を向けていた。

「……もういい。行きなさい」

「はいっ！　失礼します！」

学園長があきれた声で告げた瞬間、私は掴んでいた手をパッと離し、嬉々として扉に向かう。

……う、うっ、うれしいよ――っ‼　学長室を出て扉が閉まった瞬間、私は興奮を抑えきれず廊下をスキップで駆け抜けた。

ここから私の第二の人生のスタートだ！　楽しんで、楽しみまくって、楽しみ尽くしてやるぞ‼

周囲から突き刺さる胡乱（うろん）な視線もなんのその。私の心は未来への明るい展望にウキウキと弾んでいた。

おいしい苺の産地、マイベリー村へようこそ！

俺は朝から男子寮の自室で、そぼ降る雨を窓越しに眺めていた。

……ん、雨足が弱まってきたか？

ふと気づき、朝から温めていた特大のクッションから立ち上がって窓辺に寄った。見上げれば、雲の切れ間から薄く西日が差し込んでいた。

期待に、耳と尾っぽがむずむずした。そんなムズがゆさに連動するように、天井まである窓のガラスに映る体長四メートルにもなる真っ白な猛虎も、ピクピクと耳を揺らしパタンパタンと尾っぽを振った。

……これならば、じきにやむな。

俺はじれる思いで雨が上がるのを待った。

雨はいつも、俺に不自由を強いる。しかし俺は、雨自体を嫌ってはいなかった。少なくとも一年前までは……。

けれど今は、雨雲を見るに落胆が隠せない。……雨の日は、アイリーンに会えないからだ。

俺の未来を懸け、反対する父に立ち向かい、なんとか勝ち取った学園生活。二年制の学園でアイリーンと共に学ぶ限られた時間を、一日たりとも無駄にしたくなかった。だがアイリーンは、俺がこんなにも心焦がしているなどと知る由もないだろう。

俺は灰色と茜色(あかねいろ)が混ざり合う夕刻の空を見上げながら、アイリーンに初めて出会ったあの日に心を飛ばした——。

あれは十一歳の秋のことだ。物心ついたときから雨が降ると獣化していた俺だが、この頃になると、雨足が弱ければ獣化しても人型でいるときの意識を保つ方法を覚え始めていた。

そんな中で、皇帝である父と俺のセント・ヴィンセント王国への表敬訪問は決まった。俺は初めての国外訪問にわくわくしながら、故国カダール皇国を発(た)った。

ところが、セント・ヴィンセント王国に到着した俺に、立て続けの不運が襲った。まず、向こう一週間は晴天続きと予想されていたはずの空模様が、王都到着と同時に一転した。突然の雨が王都を襲い、俺は獣化を余儀なくされた。

さらなる不運は宿だった。万が一に備え、父の命で駐在大使に確保させていた宿が、なんと集団食中毒を起こして全館封鎖となり、宿泊できなくなってしまったのだ。

両国のトップ会談という一大イベントで沸き立つ王都では、国内各地から集まった人々でどの宿もほぼ満室。それでも隣国王に獣姿をさらすわけにはいかず、父や同行の側近らは宿という宿を端からあたり、なんとか安宿に空室を探しあてた。

『かなりくたびれておるが、宿を取れただけでも不幸中の幸いだ。国王陛下には、そなたは体調不良で同行していないと伝える。王宮滞在中にわしがここに様子を見に来るのは難しいかもしれんが、その時は代わりの者をよこす。そなたは雨が上がるまで、おとなしくこの宿におるのだぞ』

『ガウッ(はい)』

こうして俺を安宿に残し、父たちは王宮に向かった。

残された俺は別段やることもなく、粗末な寝台に体を横たえた。寝台はじっとりと湿っており、なにやら不快なにおいがした。しかしむき出しの石床には絨毯一枚敷かれておらず、俺は仕方なくできるだけ口呼吸を心がけて、そのまま眠りについた。

……かゆ、かゆかゆ。……ん？　なんだか、かゆいな？

……ぽりぽり。……かゆ、かゆかゆかゆ。……ぽり、ぽりぽりぽり！

な、なんだ⁉　ずいぶんとかゆいぞ⁉

俺は耐えがたいかゆみで、つかの間の眠りから跳び起きた。

――コンッ、コンッ。

『カーゴや、おるか？　国王陛下に到着の挨拶を済ませた後、歓迎の晩餐式典までスケジュールに間があってな、軽い食事など持って……な⁉　どうしたカーゴ⁉　全身が真っ赤ではないか⁉』

その時、タイミングよく父が現れた。

『キャウーン（父上、全身がかゆいのです）！』

俺はかゆみにもんどり打ちながら、一直線に父に飛びついた。

『……ふむ、しらみじゃな。そこかしこにくっついておる。やむを得ん。カーゴよ、毛を剃るぞ！』

俺の体を検分した父が告げた無情なひと言に、ビクンッと体が跳ねた。

『キャウーンッ（それは嫌です）！』

咄嗟に逃げようとしたのだが、一瞬はやく父にむんずと襟首を掴まれて、俺はあえなく全身の体毛を剃り落とされた。

銃弾をも通さぬはずの俺の体毛は、摩訶不思議なことに毛じらみの猛攻と、父の持つカミソリを前に抗う術なく完敗した。全身の毛という毛を剃り落とされた俺は、三分の二ほどにかさを減らしていた。

しかも毛じらみに皮膚をやられ、体中を赤くまだらにただれさせた俺は、見るからにみすぼらしい風情だった。

耳も尾っぽも、力なくペタンと垂れた。

『……なにやら大型の野良犬と言っても通用しそうじゃな』

剃り終えた父がポツリとこぼした台詞は、いたいけな十一歳の少年の心を打ち砕くには十分だった。

『と、とにかくカーゴよ。わしは王宮に戻らねばならん。そこのサンドイッチを食い、元気を出すんじゃぞ！　ではな！』

父は慌ただしく客室を出て王宮に戻っていった。

この時、客室に残された俺の心はすっかりとやさぐれていた。

……俺が大型の野良犬だと？　……むしろ、好都合だ！

俺は甘んじて野良犬を装い、父の言いつけを破って客間の窓を飛び出した。

キョロキョロとせわしなく首を巡らせながら、雨でかすむ王都の街を進む。幸いにも雨足は弱く、俺はある程度の意識を保ったまま、初めての街を楽しむことができた。

そうして案の定、みすぼらしい野良犬風情の俺にいとわしい目を向ける者はいても、奇異の目を向けてくる者はいなかった。

——キュルルルル〜。

もう幾度目にもなる腹の虫の主張に、ため息をこぼす。

……サンドイッチを食べてから来るんだった。

父の差し入れに手をつけなかったことが悔やまれた。

……ん？　なにやらいい匂いがするな。

力なく歩いていると、前方から漂う甘い匂いに気づく。吸い寄せられるように店先に行き、クンッと鼻をヒクつかせた。

……これは、シフォンケーキだ‼

『汚らしい犬っころだね！　お前が店先にいたんじゃ商売上がったりだよ、あっちにお行き！』

店先で立ち止まった俺に向かい、女店主が手にしたフライ返しで『シッシッ』と追い払う真似をする。

『キュゥン……』

そこにいるだけで邪険にされてしまうのは、空腹のまま半日近く雨の中を歩き続けた心にこたえた。

うなだれて、てくてくと王都の道を進んだ。

しばらく行くと、王都の中心に悠然と構えるセント・ヴィンセント王立学園の正門前に、ひとりの少女が立っているのに気づく。

傘を手にした俺と同年くらいのその子は、なぜか親の仇でも見るような目で学園を睨みつけていた。

ほんの少し興味を引かれながら、少女の横を通り過ぎる。

『きっと私、将来はこの学園に通うことになる』

……へぇ。あの子は将来、この学園に通うのか。

まぁ、見るからにいいところのお嬢様って感じだし、名門のこの学園への入学は妥当だろうな。

そんなことを考えながら、少女を見上げた。すると、彼女の瞳が近隣諸国でも珍しい暗褐色をしていることに気づく。

俺はなぜか目を逸らすことができぬまま、食い入るように彼女の瞳を見つめていた。けぶるような、ミステリアスなその瞳に、どうしようもなく胸が騒いだ。

『だけど、ここに来るといつも嫌な感じしかしないのよね。なんだろう……んっ⁉』

その時、俺の視線に気づいたのか、彼女がガバッとこちらに顔を向けた。キラリと輝く暗褐色の瞳が、俺の姿を捉える。

——トクンッ！

彼女の瞳に映る己を自覚すれば、一気に脈が速くなった。

駆け足で打ちつける鼓動は、苦しいくらいだった。だけどこの後、俺の心臓はさらなる衝撃に、跳ねることになる。

『やだ！　あなたビショ濡れじゃないの⁉』

え？と思ったときには、俺は少女の腕に濡れた体を抱き寄せられて、ハンカチをあてられていた。

……比喩でなく、俺は驚きで心臓が止まってしまうんじゃないかと思った。

だけど彼女は、俺の動揺などまるで気づかずに、小さな手で濡れそぼつ体を熱心にぬぐっていく。その手に、いっさいのためらいもなかった。

『ふふふ。こんなふうに私が触ろうとすると、いつもみんな逃げちゃうけど、あなたは逃げないね？　人慣れしてるのかな？　……だけど、この皮膚はかわいそうね。こんなにただれちゃうなんて、きっと栄養が足りずに弱っているのね』

ぬぐい終わった少女は俺を連れ、木陰に場所を移った。そうして、ただれていない俺の鼻先を労わるようになでた。

その手のひらのぬくもりに、剃られてしまい、もうないはずの体毛がブワッと逆立つような、そんな感覚がした。

『あ、……そうだわ！』

俺の鼻先から手を離すと、少女はポケットの中をあさりだす。

『……いち、にい、さん。……うん！　ひとつなら買えそうだわ！　ねぇあなた、この木陰で待っていて!?』

ポケットから取り出した硬貨を数えると、少女はパァッと表情を輝かせ、俺に言い置いて駆け出した。

遠くなる少女の背中を見ながら、体温が上がるのを自覚していた。

……あの子は、俺のことが怖くないんだろうか？　今の俺は皮膚を患った野良犬なのだ。噛(か)みついたり、引っかいたり、されるかもと思わないのか？

この風体で半日近く歩き回り、初めて向けられた少女の優しさはこそばゆくて、そして彼女の微笑みは俺の目にひどくまぶしい。

この、ドキドキとした落ち着かない思いはなんだろう？

……離れたくない。ずっと、あの子と一緒にいたい――！

心の中でつぶやけば、全身がカッと燃え立つように熱くなった。

『お待たせ！』

息せき切って戻ってきた少女の手には、俺を『シッシッ』と追い払った女店主の店のシフォンケーキが握られていた。

『はい、これを食べて！』

俺は満面の笑みの少女から差し出されるシフォンケーキにかじりついた。『シッシッ』とされて癪だったが、シフォンケーキはなかなかの味だった。

ざっくばらんに言えば、ものすごくうまい……！　俺は尾っぽを揺らしながら、生クリームたっぷりのシフォンケーキを頬張った。

――クゥ～、キュルル。

少女の腹から、かわいらしく虫が鳴く。

耳にして、俺は愕然とした。少女が買ってきたシフォンケーキはひとつで、少女はまるまるひとつを俺に差し出した。そうして少女自身は、俺が食べるのをニコニコと眺めていたのだ。

『ガウッ！』

『私はいいの！　それはあなたのよ！』

俺が『半分食べろ』と差し出せば、少女は首を横に振って固辞する。俺はさらに口を開きかけ、けれどそこで、はたと気づいた。

……あぁ、そうか。俺と同じ物は食べられないのだ……。

どんなに少女が優しく手を差し伸べてくれようと、俺は卑しい獣だ。俺が口にした時点で、彼女はもう食べられない。

思いなおした俺は、それ以上彼女に勧めることをせず、残るシフォンケーキを食べ始めた。不思議なことに、あれだけうまかったシフォンケーキは、すっかり味気なくなっていた。

忙しく揺れていた尾っぽも、いつの間にかへちょんと垂れた。

『口もとについてるよ？』

少女が俺の口もとについた生クリームを指先ですくい、俺の口に差し出す。俺は反射的に、差し出された指先を舐めた。

『……あ、ほっぺにまでくっつけてる』

少女は俺が舐め上げた指で、頬の生クリームをすくう。俺はもう一度舐めようと顔を上げたが、少女の指は俺の口には運ばれなかった。

……え？　嘘だろう⁉

俺は目にした光景が信じられず、パチパチと瞬きを繰り返した。

『あらっ、なかなかおいしいわね！』

指先についた生クリームを自分の舌先にペロリと舐め取った少女は、俺に向かって悪戯っぽく微笑んだ。

俺はシフォンケーキを食べるのも忘れ、まばゆい少女の笑みに見入った。

ゴクリとひとつ、喉を鳴らす。

……この子は天使だ。優しくて、まぶしいくらいにかわいい、この天使のような少女を、俺だけのものにしたい――！

意識した瞬間、カッと瞳孔が縦に割れ、全身にエネルギーが満ち満ちる。

『……あ、王立学園の正門にうちの馬車が停まっているみたい。私、行かなくちゃ。本当はあなたのことを連れて帰ってあげたいんだけど、うちのお母様が動物アレルギーで、飼ってあげられないの。……ごめんなさい』

申し訳なさそうに少女が告げる。どうやら少女は王立学園の正門で家の者と待ち合わせをしていたらしかった。

『ワンちゃん、私は西通り三丁目のアイリーン・オークウッドよ。お小遣いを貯めておくから、絶対にまた一緒にシフォンケーキを食べましょう！　またね、ワンちゃん！』

少女は最後にキュッと俺を抱きしめると、足早に駆けていった。

……俺は、虎だ。どう逆立ちしてもワンちゃんにはなれない。だけど俺がペットになることで、アイリーンと一緒に過ごせるのなら、ワンちゃんでもなんでもいい！

ペットになってアイリーンに飼われたいと、十一歳の俺は本気で思った——。


あの日のまぶしい記憶から、意識が今へと舞い戻る。

見上げる空は、すでに大部分が茜色に塗り替わっていた。灰色を消してゆくまぶしい茜色の夕日に、アイリーンの微笑みが重なる。

十一歳の俺は、アイリーンに心を打ち抜かれた。けれど当時の俺はまだ子どもで、アイリーンと一緒にいたいというその気持ちに、明確な意味を見いだせてはいなかった。

漠然とした幼い思いは、しかし巡る年月の中で、段々と輪郭を結んでいった。そうして六年の月日を経て、俺はもうアイリーンのペットになりたいとは思っていない。

……俺は、アイリーンの夫になりたい。いや、『なりたい』という表現では生ぬるい。俺はもう、決めている。

俺は、アイリーンを妻にする——！

その時、わずかに残る灰色が霧散して、空がパァッと茜色に照らされた。

……あぁ、雨がやむ。

窓辺を離れた俺は、備えつけのクローゼットの前まで来ると、鼻先を扉の引手にかける。そのまま右方向に力をこめれば、目論見通り扉が右にスライドして開いた。

ハンガーにかかるバスローブに狙いをつけ、口にくわえて斜め下方向にクッと引っ張る。そうすれば、こちらも目論見通りスルリと落ちて、俺の上にかかった――その直後。


――ポポンッ。


煙に巻かれたような感覚と同時に、小さな破裂音が上がる。

「……やっとやんだか。この国は急な雨こそ少ないが、降りだすと長いのが難点だ。さて、まずはシャワーを浴び、さっさと課題を片づけてしまわねばな」

俺は手早くバスローブを羽織ると、室内に備えつけのシャワーブースに向かった。

通常、寮の個室にシャワーはついていないのだが、貴賓室にはシャワーブースが設けられていた。

本来、特別待遇は俺の好むところではない。しかし、今回は体長四メートルという物理的な事情もあり、セント・ヴィンセント王立学園側からの申し出を受けていた。

実際に貴賓室に入寮してみると、シャワー以上に大きな魅力があった。男子寮の最上階に位置する貴賓室は広く、偶然にも学園内で一番窓の位置が高かった。おかげで俺は、獣化しているときでも窓辺でくつろぐことができるのだ。

――コン、コン。

俺がシャワーを終えてすぐ、部屋の扉が叩かれた。

「入ってくれ」

俺が洗い髪を乾かしながら声を張れば、続き部屋の扉が開く。

「お、やっと人型に戻ったか。セント・ヴィンセント王国はカダール皇国と違って一度降りだすと長くていけねぇぜ。向こうでは丸一日雨が降り続くなんてことはまずなかったからな」

扉から現れて軽口を叩くのは、従者のルークだ。貴賓室は、隣室に従者の滞在を想定したつくりになっていて、廊下に出なくとも直接の行き来ができた。

ただしルークとはここでこそ、こうして軽口を言い合うが、一歩貴賓室から出れば必要以上に親しいそぶりはしない。

「なに、雨の頻度自体は少ないんだ。そう考えればここの気候には十分に助けられているだろう」

俺の身分は一般生徒には公表しておらず、貴賓室の利用も単に部屋割りの都合というていを取っていた。

「ま、そうとも言えるか」

ルークは俺の言葉にヒョイと肩をすくめてみせた。

「それよりルーク、毎回言っているが、俺に付き合ってお前まで授業を休むことはない。授業に出てくれてかまわんぞ」

髪を乾かし終え、俺が文机に移動すれば、ルークもピッタリとうしろを追ってくる。

俺が文机に腰を下ろせば、ルークも予備椅子を持ってきて斜め前に陣取った。

「なに、お前を置いて俺だけ授業に出ようなど、そんな真似ができるか」

ルークは至極真面目な顔をして言ってみせるが、ルークの本音はそこにはない。

「ならばなぜ、真っ白なままの昨日の課題ノートを持っている？　俺の手もとを覗き込む？」

「そりゃーお前、俺の本業は護衛だかんな。頭脳労働はからっきし駄目だ！　だからなんだ？　ようはまぁ、写させてくれ！」

ルークは白い歯を見せて、人懐っこい笑みを浮かべた。

「……はぁ」

要するに、ルークは課題を手つかずのままにしていて、今日の授業に出るに出られなかったというわけだ。

ただし、先のルークの言葉はその一部が正しくない。本人の言葉通り、ルークは軍事畑の出身だが、すべてにおいてずば抜けて優秀だった。だから当然、頭が弱いわけもないのだが、ルークにはやる気が皆無だった。

「ほら、ただし丸写しはやめてくれ」

俺は仕方なく、書き終えた部分が見やすいように、ノートをルークに寄せてやった。

「わーってるって！」

ルークは嬉々として、俺の解いた課題を写し始めた。俺はルークの姿に苦笑した。

とはいえ今回の留学は、俺が父上を脅すようにして半ば強引に取りつけたもので、急きょ同行を言い渡されたルークは、相当に渋っていた。勉強漬けの窮屈な学園生活に付き合わされるなど御免だと言い張るルークに、課題や試験対策のフォローを約束してなんとか丸め込んだのだ。

これらの事情もあり、俺はこと勉強面に関してはルークに甘い。

「……ってかよ、お前めっちゃくちゃ解くのはやくねぇか？」

粗方写し終わったところで、ルークが怪訝そうに切り出した。

「ああ。獣化してるときに、あらかじめ眺めていたからな。ほとんど頭の中で解いてあったのを書き写しているだけだ」

肉球の前足では、あたり前だがペンは持てない。だが、考えることは肉球だろうが毛むくじゃらだろうができる。

「は⁉　お前昔に、獣化しているときの記憶は曖昧だって言ってなかったか？　今は違うのか⁉」

「いや、今も本降りのときはそうだ。ただし、雨の入りとやみの頃、それから雨足の弱いときなんかは、八割方意識が保てるようになってきた」

俺の祖国は、大陸で最も歴史が古い大国カダール皇国だ。その祖国建国は、はるか五千年前にまでさかのぼる。

建国から三千年後に編さんされた『建国の書』によれば、五千年の昔、天から降り立った真白い虎の神が、不毛の大地に恵みの水と祝福の緑を授けたのがカダール皇国の始まりと綴られている。また、建国から三千年ほどは、真白い虎の神の子孫である皇族は、人型と獣型の両方の姿を自在に操って暮らしていたとある。

今ではカダール皇国の民ですら、おとぎ話と疑わない者も多い建国史。しかし、これはおとぎ話でもなんでもなく、史実だ。

この真相については、いまだ国民に対し正式な公表こそしていないが、俺がこうしてありがたくもない先祖返りで人型と獣型の両方の姿を取っているのだから、書の内容を疑う余地はなかった。

「は⁉ お前、むしろ八割方の意識でこの小難しい課題が解けるって、ただもんじゃねーぞ⁉」

ルークはギョッとしたように目をむいた。

「なに？ このくらいは五割の意識があれば十分に解けるだろう」

「……お前、たまに真顔で嫌みを言うよな」

ルークの続く言葉は、俺にはよくわからなかった。

「しっかしよー、先祖返りっつーのも難儀だぜ」

「まったくだ」

これには深く同意してうなずく。

「なんつったって、雨のたびに俺の課題が滞っていけねぇ」

「……やはり、甘やかしすぎるのも考えものだな」

「おい⁉　俺はまだ最後の一問、写し終わってねぇ！」

俺がノートを閉じれば、ルークが噛みつく。

「一問くらい自分で解け。そうやって俺の答えを写してばかりいては、ますます頭が錆びつくぞ」

ルークはジトリとした目で俺を見ると、自分のノートをパタンと閉じてしまった。

「ま、一問くらいわかんねぇ問題があったって不自然じゃねーしな」

どうやらルークは、最後の一問は空白のまま提出することにしたようだ。

「お、そうだそうだ。すっかり忘れてたが、今日の昼、おもしろい場面に出くわしたんだ」

ルークは予備椅子をもとの位置に戻しながら、なにか思い出した様子で俺を振り返った。

「俺がたまたま礼拝堂裏のあたりを通りかかったら、リリアーナの取り巻き連中が中でなんか壊してやがるんだ。おもしれぇから咄嗟に一枚、フィルムを使っちまったぜ。奴ら、『これをやりきれば、リリアーナのボーイフレンドにしてもらえる』とかなんとか、けなげなもんだよな。リリアーナがきっとまた、なにか、たくらんでんだろ。とにかく一週間後には、お前もおもしろいもんが見れ――」

「課題よりも先にそれを言え！」

——バッターンッッ！

ルークが最後まで言い終わらないうちに、俺は貴賓室を飛び出していた。

男子寮を飛び出した俺は、周囲をうかがいながら学舎に続く歩行路を進んだ。するとすぐに、学舎から女子寮に向かって歩くアイリーンの姿を見つけた。

駆け寄って問いただせば案の定、自室での謹慎を言い渡されたという。

俺はこれまで、不当な追及を受ける彼女を救おうと奔走してきた。しかしどんなに注意を払っていても、その追及は俺の不在の隙をつくようにして発生する。それはまるで、見えざる力でも働いているかのようで、俺は惨敗を喫していた。

とにかくこのままでは、アイリーンが退学に追い込まれてしまう。俺は今度こそ、俺の持つパイプを使い、学園長に直談判しようと考えていた。

ところが俺の焦燥とは裏腹に、当の本人に悲壮感はまるでなかった。この後下されるであろう退学処分にもまるで不満はないようで、彼女は窮屈な学園生活から解放されることを喜んでいた。

俺は、彼女の目に、すでに学園は映っていないのだと悟った。その目は、退学後の明るい未来へと向いている。

俺は晴れやかなアイリーンの表情をまぶしい思いで眺めながら、学園長への直談判をやめた。同時に、俺がこの後取るべき行動が定まった。

彼女は『やっと田舎でのんびり暮らせる』と言っていた。ならば、俺が至急取りかかるべくは、彼女が暮らしやすい土地の厳選と住居の確保。それが定まれば地元有識者に面会を申し入れ、彼女の新生活に協力を願い出る――!

俺は思いを新たにし、まずは今後の行動を駐在大使に報告するべく、中央通りに構えるカダール皇国大使館に向かった。


駐在大使からの再三にわたる説得に、俺はけっして首を縦に振らなかった。俺の中で学園退学はすでに決定事項。駐在大使のもとには相談に来たのではなく、報告に来たのだ。

「勝手を言ってすまないな。だが、これはどうしても譲れんのだ」

俺への説得が功を奏さず、すっかり消沈してしまった駐在大使の肩を、ポンッと叩いた。

個人的にも父と親しい駐在大使は、俺の誕生から、その後の先祖返りの発覚、さらにはその制御ができぬとわかったときも、親身になって皇帝一家を支えてくれた。

「セント・ヴィンセント王国への留学に際し、俺は父上に学園卒業の十八歳までに獣化・人化のコントロールをマスターすると約束した。そうして、それがなせぬときは、皇帝位を義兄のエリオットに譲ることにも同意した。それだけの決意で得た、二年の留学期間だ。退学をしたからといってこのまま国に帰ることはできん。俺が獣化・人化のコントロールをマスターするのは祖国ではない、ここセント・ヴィンセント王国の地だ」

差し迫った俺の状況をよく知る駐在大使は、思うところがあったのだろう。複雑な表情で俺を見つめた。

「……カーゴ様」

実を言えば、後半の『俺が獣化・人化のコントロールをマスターするのは祖国ではない、ここセント・ヴィンセント王国の地だ』というのには、気概はあれど別段の根拠はなかった。

俺の中には、セント・ヴィンセント王立学園でアイリーンと共に過ごす二年間が、彼女を手に入れる最初で最後の機会になるという予感があった。だからこそ俺は、将来の皇帝位を懸けて、アイリーンを手に入れるための二年間を勝ち取った。それをすることに、寸分のためらいもなかった。

それだけの決意でもって得た期間だ。学園生活が中断したからと、残り一年の留学期間を返上するなど、絶対にあり得ないことだった。

「俺はあと一年、セント・ヴィンセント王国にとどまってこれをなす。これは決定事項だ」

俺は故国、カダール皇国の世継ぎ皇子として誕生した。上にいる三人の皇女に続き、カダール皇国にとって待望の男児だった。さらにその直後、三千年ぶりにもなる俺の先祖返りが発覚し、皇帝一家は歓喜した。

ところが、言葉を理解し、物心がつき始めても、俺は雨と共に獣化を繰り返した。一向に変化のコントロールができぬ俺に、周囲は段々と当惑し始めた。

そんな俺に、母は常から口を酸っぱくして言っていた。

『私はあなたを愛しています。猛虎の姿のあなたも、あなたの一部であると理解しています。ですが自我が保てていない時点で、本当の意味であなたではありません。少なくとも、自我すら保てぬ獣に皇帝位を継がせるわけにはまいりません』

母のこの言葉に、俺は返す言葉がなかった。ちなみに父も、母の意見に賛同していた。

『その通りだ。先祖返りはたしかに、めでたきこと。ただし先祖は皆、獣化と人化を意識下でコントロールできておった。そうして実際問題、皇帝というのは時や場所を問わず、常にその心に国を置いておかねば責が果たせん。カーゴよ、そなたが獣化・人化のコントロールをマスターできぬときは、わしはエリザベスの夫を皇帝位の継承者として国民に告示する』

エリザベスというのは俺の長姉で、その夫のエリオットは皇家の縁戚にあたる公爵家の出。エリオットは皇帝の実子ではないが、身分的にも皇帝位継承はなんの問題もなかった。

こんなふうに父母から言われて育った俺にとって、幼少期からの目標は一貫して獣化・人化のコントロールだった。しかし、事はそう簡単ではなかった。なにより、指導にあたれる師がいない。己の感覚だけが頼りの手探り状態で、俺は今もコントロールをなせてはいない。

ちなみに、それが父の温情であったのかは定かでないが、俺の獣化・人化のコントロールに父は明確な期限を設けていなかった。なんとしてもアイリーンと同じ学舎に学びたかった俺はそれを逆手に取り、自ら期限を定め、そのかわりに留学の了承を取りつけたのだ。

駐在大使は長く俺の目を見つめた後で、ゆっくりと口を開いた。

「本当に、あなた様は昔から変わらずに頑固でいらっしゃる。……いいでしょう。陛下には学園退学と、残り一年、カーゴ様が継続してセント・ヴィンセント王国に滞在する意思であることを報告いたします。それから残りの滞在期間、わしの屋敷でお過ごしになる予定だと、そうお伝えいたします」

「駐在大使……!」

予想だにしない駐在大使の言葉に、俺の心には深い感謝の念が湧き上がる。

「なに、これは必ずしもカーゴ様のためばかりではないのです。わしは陛下と皇妃様をよう知っておりますから、カーゴ様が学園を飛び出し、所在不明のままふらふらしているなど、とても伝えられれんのです。そんな報告を上げれば、皇妃様が倒れ、陛下がその看病と称して政務に穴を開けることが目に見えておりますからな。ただし、くれぐれも現況報告だけは定期的によこしてください」

「もちろんだ。報告はきちんと行う」

「カーゴ様、わしは昔からずっと疑ってはおらんのですよ。あなた様が獣化・人化のコントロールをマスターし、皇帝として立たれる未来を」

「ありがとう駐在大使、恩に着る。そして俺は、その未来を絶対に現実のものにしてみせる！」

朗らかに語る駐在大使に、俺は自然な流れで頭を下げ、固く誓った。

俺は幼少期から、皇位継承者が他者に安易に頭を下げるべきではないと、そう教えられてきた。しかし今は、皇位継承者としてではなく、俺個人の感謝の心を伝えるために躊躇なく頭を下げた。

「頼もしい限りですな。カダール皇国の行く末は明るい」

駐在大使も微笑んでそれにうなずいた。

＊＊＊

――ガタッ、ガタガタ、ガタンッ……。ガタッ、ガタタンッ、ガタガタ……。

「んー、いい天気！　旅路は順調だし、言うことないわね」

燦々（さんさん）と注ぐ陽光を浴びながら、私は軽快に進む馬車の荷台で、グッと大きく伸びをした。

「……アイリーン、この馬車旅が順調だと思えるのなら、君のお尻は相当に緩衝性に優れているに違いない。少なくとも俺は、自分の尾てい骨にヒビでも入りはしないかと気が気じゃないぞ」

カーゴが御者台から荷台の私を振り返り、あきれたように言った。

目が合えば、勝手に鼓動がトクンと跳ねた。

「あら、もしかして御者台は座り心地が悪い？　だから最初に言ったじゃない、私が手綱を取るって。今からでも私と場所を代わりましょう」

私は騒ぐ鼓動には気づかないふりをして、提案を持ちかけた。

……それにしても、ずいぶんな変わりようだわ。

実は今、私を見つめるカーゴの顔に前髪はかかっていない。かつて背中を丸めて長い前髪で顔を隠していた彼が、今は前髪をスッキリとサイドに流して秀でた額をあらわにし、背筋をシャンと伸ばして存分にスタイルのよさを見せつけていた。その姿を最初に目にしたときは、あまりの凛々しさに思わず息をのんだ。

もっとも、見た目が変わっても、その言動は相変わらずだったが……。

「いや、いい」

私は早速場所を交換しようと腰を浮かせていたが、カーゴはそれにさらにあきれた様子で首を横に振った。

「へんなカーゴ。私に遠慮なんて、しなくていいのに」

私がつぶやけば、前に向きなおったその背中から、これ見よがしなため息が聞こえてきた。

ともあれ、交代を拒まれてしまったのだから仕方ない。私はいったん浮かせかけた腰を、荷物を寄せて無理矢理空けたひとり分のスペースに下ろした。

……う、狭っ。あ、振動でずれ込んできちゃったのね。

腰を上げたことで奪われかけてしまったスペースを取り返すべく、私は隣に積み上がる誰かの荷物を、ギュー ッと奥へと押しやった。ちなみに三人の人間と三人分の荷物を載せた幌馬車は、積載可能量を大幅にオーバーして運行中だ。

私が乗る荷台は、各々の荷物が所狭しと積み上げられて、かなり限界ギリギリだった。かと言って、本来一名乗りを想定した御者台にも二名が乗っているわけで、あちらも肩寄せ合って窮屈にしているに違いなかった。

「……遠慮ときたか。この安馬車にスプリングが利いていないのだから、どこに座ろうが大差はないと思い至らないところが逆にすごい」

「お前の嫁さん、逞しいもんだなぁ」

「おいルーク、適当なことを言うな。アイリーンは今はまだ嫁じゃない」

するとその窮屈な御者台の方から、ふたりがなにごとか話しているのが聞こえてきた。

「……なにげに、今はまだ、ってつけて、否定はしないのな」

「事実、未来の嫁だからな」

「……さも決定事項のように言うが、彼女に選択肢はないのかよ？」

「選択肢はある。だが、アイリーンが選ぶのは俺だ」

「……なんだか俺は彼女が気の毒に感じてきたぞ」

馬車の振動もあり、話の詳細まではわからないが、ずいぶんとふたりは仲がいいのだと微笑ましく思った。

うんうん。仲がいいのは、いいこと……って！　これがいいわけないじゃない‼

私はうんうんと納得しかけ、けれど途中で思いなおした。

……そもそもよ、なんで私の田舎移住ってこんなに大所帯になっちゃったわけ？

もともと、私は退学したら、田舎に引っ込もうと決めていた。だけどあくまで『ひっそり静かに』であり、間違ったってこんなふうにクラスメイトを引き連れて『わいわいがやがや』行きたかったわけじゃない。

ほんとに私の田舎暮らし、ちゃんとひっそりのんびりとできるのかしら……。

私は田舎暮らしの先行きに特大のため息をこぼしつつ、そもそもなぜ同行者が二名も発生してしまったのか、三日前の談話室での一幕に思いを馳せた――。

私は退学処分が決まるとすぐに、約束通りカーゴに伝えるために男子寮に向かった。男子寮の入り口に設けられた管理室に行き、談話室にカーゴを呼び出してもらえるよう、管理人に伝言をお願いした。

私が談話室で待っていると、ほどなくしてカーゴがやって来た。

『処分が決まったんだって?』

カーゴは卓を挟んだ向かいの椅子を引きながら、明日の天気でも問うような気軽さで尋ねる。

『ええ、退学が決まったわ』

私も天気を告げるような気軽さで答える。当然、この答えを想定していたのだろう、向かいに腰を下ろすカーゴに驚くそぶりはなかった。

『そう。それで、マイベリー村にはいつ発つんだ?』

『今、中古の馬車を手配中だから、その納入日が決まり次第……』

重ねられた質問に淡々と答えながら、ふと、疑問に思った。

……あれ?

『ねぇカーゴ、私、あなたにマイベリー村に移るだなんて、ひと言も言ってないわよね？　どうして知ってるの？』

『不動産屋から連絡を受けたからだ。君が借りたマイベリー村の空き家、あれは俺が所有する物件のひとつなんだ』

まさか、私が借りた空き家の大家がカーゴという、衝撃の事実……！　目玉が、落っこちそうになった。

私が不動産屋を訪問し、のんびり暮らせそうないい場所はないかと切り出した瞬間、店主はここぞとばかりにマイベリー村の空き家を勧めてきた。空き家は家財備えつけで、即時入居可能。しかも今なら敷金礼金なし、事務手数料も無料と言われ、私は破格の好条件に飛びついたのだが……いやはや、世の中は狭い！

目を丸くして唸る私を、カーゴはなぜか訳知り顔で見つめていた。

『それから、俺もマイベリー村での静養を決めた。これまで体調不良を押して学園生活を送ってきたが、ここらで田舎に引っ込んでゆっくり休もうと思ってね』

『……え、カーゴもマイベリー村に行くの？』

『ああ。よかったら俺も君の馬車に同乗させてくれないか。行き先が一緒なんだ、ならばわざわざ二台の馬車を用立てる必要もないだろう』

現状の理解に四苦八苦する私をよそに、カーゴはどんどんと話を進めてしまう。

『ええっと……』

あまりにもトントン拍子に進んでいく展開に、私は少し当惑していた。

『もちろん、乗車賃はきちんと支払わせてもらう。どうだい？』

『いいわよ！　行き先も同じだし、私の手配した馬車でよかったら一緒に乗っていって！』

『乗車賃』という言葉に、私は一も二もなくうなずいた。渡りに船とは、きっとこのことを言うに違いない！

それというのも、退学を聞かされた両親は相当におかんむりだった。しかも私が、退学後に実家に戻るつもりはないと伝えたものだから、両親との関係はこじれにこじれた。両親としては、実家で花嫁修業をさせて、さっさと嫁に出してしまおうという腹づもりだったに違いない。

事実上の勘当状態となり、仕送りも打ち切られてしまった今は、コツコツと貯めてきた貯蓄金だけが頼りだった。切りつめられるところは切りつめないと、あっという間にスッカラカンになってしまう。

『助かるよ。それから、マイベリー村に供をひとり連れていきたいんだが、その者も同乗させていいだろうか？　あぁ、もちろん乗車賃は二倍に払う』

……え？　もうひとり？

私には突然告げられた同行者の存在よりも、別の憂慮があった。

……あの馬車に三人も乗れるかしら？　私の脳裏に、価格重視で決めた年季の入った小さな幌馬車が思い浮かんだ。

『……ええっと、同乗自体はかまわないけど、もしかすると相当狭くなってしまうかもしれないわ』

『俺たちは多少狭いくらいは気にもしない。むしろ、急に同乗者を増やしてしまってすまない』

私が滲ませた不安を、カーゴは一蹴した。

『ううん、そんなのはいいのよ。供の方も一緒に乗っていってちょうだい』

……まぁ、乗って乗れないことはないだろう！　私はそう結論づけて、同乗を快諾した。

『本音を言うとね、私も運賃を負担してもらえるのはありがたいの。それじゃ、馬車の納入日が決まったら知らせるわね』

こうして私とカーゴ、その供の人、三名のマイベリー村行きが決まった。

『ああ、供の者にも手荷物は少なめにするように言っておく』

『よろしくね』

私は二名分の乗車賃収入で懐が温まり、軽い足取りで談話室を後にした――。


これが、三日前の談話室での一幕だ。

談話室を出た後で、いくらなんでも、あまりにできすぎた流れではないかと首をかしげた。だけどふたり分の乗車賃という臨時収入を前に、私はあえて違和感に蓋をした。

そうしていざ出発という段になって蓋を開けてみれば、カーゴの供はまさかのルーク。カーゴと並んで親しげにやって来るルークを見て、私は仰天した。

ふたりとも同じクラスに学んでいたが、ふたりが親しくしているところなど一度も見たことがなかった。なぜふたりが学園内でわざと面識のないふりをしていたのかは知らないが、うさんくさいには違いなかった。

こうなってくると、ここまでのできすぎた流れにも自ずと疑問が湧いてくる。

……うーん。私、カーゴにマイベリー村に向かうように仕向けられたりしてないわよね？

……いやいや、まさかね。さすがにそれは考えすぎというものだろう。

カーゴのうちは男子寮の貴賓室を使うほどのお金持ちだ。以前に、部屋配分の都合で打診を受けたから使っているだけだと言っていたけれど、彼の実家が高額な室料を支払える経済力を持っているのは事実だ。ならば、国内外に多くの物件を所有しているのも道理だし、たまたまそのうちのひとつを私が借り上げたというだけだろう。

もともと体が弱く、体調を崩しがちだったカーゴが田舎で静養というのもなんら不思議なことではないし、マイベリー村の住環境のよさは不動産屋の主のお墨付きだ。

……だけど、なんとなく釈然としないこの感じはなんだろう。

「もうじきマイベリー村に着くぞ」

「あ、はーい！」

御者台からかかったカーゴの声で、道中幾度となく繰り返した堂々巡りは終わりをみた。

「村に入って少し行ったところに、マイベリー村名産の苺を使ったうまいカフェがあるんだ。せっかくだから一服していかないか？　マイベリー村はこれから苺の収穫が始まる時期だ。時期には少しはやいが、早取れの苺を使って営業を始めているだろう」

へぇ！　苺スイーツのおいしいカフェかぁ！

苺は私の大好物だ。嬉々として口を開きかけ、けれど、すぐにハッと気づいた。

……駄目だ。今は節約しないとならないんだ！

「ええっと、今は甘い物は――」

「カーゴがおごってくれるそうだぜ。な、カーゴ⁉」

私はお財布事情を鑑みて、『甘い物はいらない』と続けようとしたのだが、すべて言い終わらないうちにルークが私の言葉を遮った。

「ああ、なんでも好きな物を注文してくれ」

「ありがとうカーゴ！　今ちょうど、甘い物が食べたいって思っていたの！」

……カーゴって、本当にいい人よね！　こんなに親切で優しいカーゴを疑うなんて、私ってばどうかしてるわ。

苺のスイーツを前にして、私の憂慮は綺麗さっぱり吹き飛んだ。


「わぁ！　とってもかわいいお出迎えね！」

マイベリー村に入るところで【おいしい苺の産地、マイベリー村へようこそ！】と書かれた、苺型の大きな看板に出迎えられて、私は感嘆の声をあげた。

「なんでも、あの看板はここの苺をえらく気に入った観光客がいて、寄贈されたらしいぜ。なっ、カーゴ!?」

「おい、アイリーンに余計なことを言うな!」

私の声を聞きつけて、御者台からルークが答えた。ルークに水を向けられたカーゴの返答は、小さくて荷台の私まで届かなかった。

「へー! その観光客の方、よっぽどこの村の苺が気に入ったのね。そんなにおいしい苺なんて、ますます楽しみになっちゃう!」

私は車上から身を乗り出すようにして、キョロキョロと目線を走らせた。

村は苺の産地にふさわしく、そこかしこに苺農家のハウスが立ち並んでいた。遠目に見ても、みずみずしい苺の赤さが目にまぶしい。

大通りの両側には、各苺農家の直売店のログハウスが軒を連ね、苺の加工品を販売するお店も多い。

通過した苺農業組合の前には、地元民の物だけではなく、観光客の物と思しき馬車も停まっていた。新たに停車した馬車から降りてきた家族連れが、苺狩りを案内するのぼりの前で、組合のスタッフと楽しそうに話し始めるのが見えた。きっとこれから、苺狩りに行くのだろう。

……なんだか、すごく雰囲気のいい村だわ。

まだ、ほんの少し村を見ただけ。だけど私は、すっかりこの村が気に入っていた。

「ここだな」

少し馬車を走らせて、カーゴの案内でたどり着いたのは、シックな木目調の外観が目を引くかわいらしいカフェだった。

「とても趣のあるカフェだわ！」

前世の日本でいう隠れ家風カフェを地で行く、ノスタルジックな佇まい。大きく取られた窓からは白いレースのカーテン越しに、外観と同じ木目調の調度で居心地よさそうに統一された店内の様子が透けて見えた。

ここでいただくスイーツは、果たしてどれほどおいしいのだろう⁉　自然と頬が緩み、期待は最高潮に高まった。

「たしかに、しゃれてるな！　こりゃあ提供されるスイーツも楽しみだぜ！」

ニコニコ顔のルークが一歩前に進み出て、意気揚々と扉に向かう。私もまた、ニコニコとルークの背中に続く。

「……ん？　って、閉まってんじゃねーか！」

すると、ドアノブを握ったルークが叫んだ。

「え？」

……あ、そういえば！　こんなにかわいいカフェなのに、さっき窓から見た店内に、客の姿はひとりもなかった……！

ルークの声に驚きを感じたのは一瞬で、すぐに私は先に見た光景の違和感に思い至った。

「そんな、まさか定休日だったなんて……」

舞い上がってしまい、すっかり状況の認識がおろそかになっていたようだ。

私はしょんぼりと肩を落とした。

「……定休日？　いや、ここは苺の収穫時期は無休で営業していたはずだが……。おかしいな」

カーゴは『定休日』という言葉に首をかしげ、怪訝な様子でつぶやいた。

「そんじゃ、まだその時期じゃねーんじゃねーか？　苺の収穫期は、これからが本番だろう？」

「たしかに、お前の言うように本格的な収穫期はこれからだが……」

ルークの見解に、カーゴは考えるようなそぶりを見せる。

私もまた、違和感をぬぐえなかった。カフェに来る途中で見かけたハウス内の苺は、赤く色づいているものが散見された。これならば、カフェも営業しているだろうと思っていたのだが……。

カーゴはおもむろに入り口を離れると、カフェの周囲を見回した。

「あそこが母屋かもしれん。行ってみよう」

カーゴが指差す先には、小さな木造の平家が立っていた。


「ごめんください」

「はーい、少しお待ちくださいね」

平家の玄関を叩くと、すぐに中から返事があった。

言葉通り玄関先で少し待っていると、おばあさんがやって来た。おばあさんは足が不自由なようで、よく見ると右足を引きずるようにして歩いていた。

「ごめんなさいね、お待たせしちゃって。見ての通りちょっと足を悪くしていて、移動に時間がかかっていけないの。ええっと、それで今日はどんなご用かしら？」

おばあさんはそう言って、柔和な笑みを浮かべた。

「突然お訪ねしてすみません。実は私たち、苺のスイーツを食べに来たんですが、お店がやっていないようで。こちらが同じ敷地内のように見えましたので、もしかしたらなにかご存知かと思いまして」

「まぁ、そうだったのね」

　私の言葉におばあさんは表情を曇らせた。

「間違いない、一年前に訪れたとき、店を切り盛りしていたのはあなただ。一年前は、足は不自由ではなかったと記憶している。その足が原因でカフェを営業できずにいるのではないか?」

　私のうしろからカーゴがスッと前に出てきたと思ったら、おばあさんに目線の高さを合わせて尋ねた。

　おばあさんは驚いたように目を見張り、次いで悲しそうにクシャリと顔をゆがめた。

「一年前にもいらしてくださったのね。あなたのおっしゃる通り、二カ月ほど前に足を怪我してから、店を開けられずにいるわ。当初は、苺の収穫時期までには治るだろうと踏んでいたんだけれど、年齢のせいもあってか、回復にちょっと時間がかかっているみたい。今はこの通り日常生活を送るだけでも精いっぱいの状態で、今シーズンの再開は難しそうね……。せっかく来ていただいたのに、ごめんなさいね」

　おばあさんは申し訳なさそうに頭を下げた。

「いいえ、頭を上げてください。こちらこそ、お宅の方にまで押しかけてきてしまってすみませんでした。どうかご無理せず、今は足の怪我をゆっくり治してください」

「お嬢さん、ありがとう」

「……店主、今シーズンが難しくても、苺の収穫時期はまたやってくる。あんなに多くの客で賑わうカフェを閉店してしまうのは、マイベリー村の損失だ。足がよくなったらまた、店の再開を期待している」

「ありがとう。そんなふうに言ってもらえてうれしいわ。本当言うと、この機に店をたたもうかとも思ったの。だけど、待ってくださるお客様がいるのに店をたたんでしまうわけにはいかないわね」

カーゴの言葉に、おばあさんは笑みを深くした。

「ああ、たたむにはまだはやい。また来る」

「来年、楽しみにしてるぜ」

今回の来訪でおばあさんのスイーツを食べることは叶わなかったけれど、かわりに来年の楽しみができた。同時におばあさんにとっても、私たちの訪問は少なからず意味のあるものだったのではないかと思えた。

「お大事になさってください」

私はとても満たされた思いで、玄関の扉に手をかけた。

「……あなたたち、待ってちょうだい！」

扉が閉まる直前で、おばあさんに呼び止められた。

「よかったら、少し上がっていかれない？　凝ったものはお出しできないけれど、ちょうど昨日こしらえたストロベリーパイがあるの」

振り返れば、おばあさんが笑顔でそんな提案をした。

おばあさんの誘いに、私たちは互いに顔を見合わせた。うれしいお誘いではあるけれど『日常生活を送るだけでも精いっぱい』と言っていたおばあさんに、世話をかけてしまうのは本意じゃなかった。声には出さずとも、カーゴやルークも同じ思いであることは表情でわかった。

「ひとりでは食べきれない量を作ってしまって、残してしまうのももったいないと困っていたところなの。それに、お皿なんかの後片づけは手伝っていただこうって思っているから、遠慮はいらないわ」

おばあさんは悪戯っぽい笑みでこんなふうに付け加えた。私たちは顔を見合わせて、目と目でうなずく。

「では、ありがたくストロベリーパイをいただこう」

「ええ、たくさん食べていってちょうだい」

カーゴの答えに、おばあさんは目に見えて表情を明るくした。

「さぁ、いつまでも玄関じゃあれね。どうぞ上がってちょうだい」

「おじゃまします」

私たちはおばあさんの好意に甘え、お招きを受けることにした。

「あの、お皿の後片づけだけじゃなくて、ほかにもなにかさせてください。私たちとしても、ただパイをいただくだけじゃ心苦しいので、遠慮なく言ってください」

「まぁ、あなたたち、お若いのに義理堅いのね」

私の言葉におばあさんは、ころころと笑った。

玄関を上がり、おばあさんに続いて廊下を進んだ。

「……あ、そうだわ」

廊下の途中で、おばあさんが長窓を見ながら、思い出したように足を止めた。

「そう言ってもらえるなら、一個だけお願いしていいかしら？　屋根の雨どいの角度がおかしくなってしまったようで、雨が直接壁を伝ってしまうの。私の身長では届かないし、この足で脚立に上るのは躊躇していたのよ」

「そんなことはお安い御用だ。俺たちなら余裕で手が届く。な、カーゴ？」

「ああ。それよりも、その足で脚立に上るなど、間違ってもしてはいけない。それで、その雨どいはどこだ？」

「ありがとう。この長窓の向こう側よ」

カーゴの言葉におばあさんは重くうなずいて答えた。

「俺とルークは一度外から様子を見てくる。あなたとアイリーンは先にパイの用意をしておいてくれ」

「お願いするわ。この先の居間でパイとお茶を用意して待っているわね」

カーゴとルークは身を翻し、玄関に戻っていった。そのうしろ姿を見送って、私とおばあさんは台所に向かった。


「アイリーンたちは、観光かなにかでいらっしゃったの？　まぁ、観光と言ってもマイベリー村には綺麗な空気と苺くらいしか名産はないけれどね」

シーラと名乗ったおばあさんはとても感じよく、気さくだった。私たちはすっかり話に花を咲かせた。

「観光ではないです。でも、綺麗な空気を求めてきたというのは間違っていません。少し、王都から離れたところでのんびり過ごしたいなって、そう思ってやって来ました」

「そう。ここは人も温厚で時間も穏やかに流れているから、のんびり過ごすには打ってつけよ」

シーラさんは深く追及せず、そう言って静かに微笑んだ。

「さ、できたわ。居間に運びましょうか」

「はい」

私は綺麗に盛りつけられたストロベリーパイを見て、ホゥッと感嘆の息をこぼした。

バターを幾層にも折り込んで重ねられたパイ生地に、バニラビーンズが香るたっぷりのカスタードクリームときめ細かな生クリーム。その上には、村の名前をいただく大粒のマイベリーがびっしりと並ぶ。マイベリーは濃厚な甘みと酸味のバランスに優れ、しっかりとした果肉の歯ごたえが特徴の新品種だ。その極上の味わいをたたえ、天上の果実とも呼ばれるそうだ。

艶やかな苺の赤さが目にまぶしい極上のスイーツに、胸の高鳴りを抑えられなかった。

「……まるで、宝石でも見ているみたい」

「そうね、マイベリーは地元農家の汗と涙で生み出されたまさに奇跡。村にとってマイベリーは、宝石にだって勝るとも劣らない宝だわ。そのマイベリーをふんだんに使った私のストロベリーパイは絶品よ。気に入ってもらえたらうれしいわ」

私のつぶやきを聞きつけて、シーラさんは悪戯っぽく笑い、胸を張った。

「楽しみです！」

輝くばかりのストロベリーパイとティーカップを盆にのせ、私とシーラさんは居間へと移動した。


ちょうどテーブルに、四人分のパイと紅茶を並べ終えたところに、カーゴとルークが戻ってきた。

「お、うまそうだな！」

「雨どいは角度を直し、手持ちでちょうどいいワイヤーがあったから、それで固定しておいた。これでしばらくは大丈夫だろう」

様子を見に行くと言っていたはずのふたりは、すでに雨どいの角度を直し終え、固定まで済ませたという。ふたりの手際のよさに、私は舌を巻いた。

「まぁ！　そこまでしてくださったの⁉　本当にありがとう」

シーラさんは感嘆の声をあげた。

「なに、このくらいはお安い御用だ」

「……あ、そうだわ。少し待ってちょうだい」

シーラさんが突然、なにかに気づいた様子で居間の奥へと向かう。そうして戻ってきたその手には、がま口が握られていた。

「ワイヤーの代金は、きちんと支払わせていただかなきゃ。これで足りるかしら?」

シーラさんは、がま口の中から紙幣を取り出すと、カーゴに向かって差し出した。

「あなたの絶品のパイには、もしかしたら足りないかもしれないな」

カーゴは差し出された紙幣を見つめ、謎の言葉を口にする。

「え?」

「それはそっくりそのまま、俺たちのパイとお茶の代金にあててくれ。もしかしたら足が出てしまうかもしれないが、そこは負けておいてくれ」

カーゴはキョトンとした顔で見上げるシーラさんに、白い歯を見せて笑った。

「本当にあなたには、かなわないわ」

シーラさんは二、三度パチパチと目をまたたかせた後、フッと微笑んで差し出していた手を引っ込めた。

「だけど、それもいいわね。今回のパイとお茶で到底足なんて出ないから、残りは次回のお茶代として預かっておくわ。だからまた、必ず来てちょうだい」

「お、そういうことなら喜んでまた来るぜ!」

次回のお茶という言葉を聞きつけたルークが、嬉々として答えた。

「それじゃあ、お茶が冷めないうちに食べましょうか」

私たちはストロベリーパイと紅茶を囲んで席に着いた。


「おいしい……!」

フォークでひと口頬張れば、ふわりと頬が緩む。

口内でマイベリーの果汁が弾け、カスタードと生クリーム、なめらかな二種類のクリームと溶け合って絶妙なハーモニーを奏でる。

舌にとろける優しい甘さに、わずかな酸味がアクセント。パイ生地のサクサクとした食感の後には、芳醇(ほうじゅん)なバターのコクも広がって、噛みしめるごとに新たな発見をもたらした。

奥深いストロベリーパイの味わいに、しばし、おいしさの余韻に酔いしれる。

……マイベリーが天上の果実なら、このストロベリーパイはまさに、天上のスイーツ——!

珠玉のパイ、カスタードクリーム、生クリーム、マイベリー、四層の断面を眺め、私は熱い吐息をこぼした。

「おお！　こりゃうめえ！」

「相変わらず、絶品だな」

ルークとカーゴも絶賛した。

「ふふふ、よかったわ」

シーラさんは嬉々として食べ進める私たちの様子を、うれしそうに見つめていた。

私たちは息つく間もなく、天上のスイーツを完食した。

……不思議だった。シーラさんのストロベリーパイは、マイベリーをべつにすればけっして高級食材を使っているわけではない。地元でとれる新鮮な素材を使い、丁寧な手順を踏んで仕上げるそうだ。

そんなふうに心をこめて作ることが、こんなにもおいしいスイーツを生み出す。

忘れかけていた、前世の趣味が思い出され懐かしさを覚えた。私もまた、前世の日本ではお菓子作りをこよなく愛していたのだ。

その日の気温や湿度を見ながら、わずかに分量を加減する。丁寧に生地を捏ね、クリームの状態を注意深く観察しながら、空気を孕ませるように手早く泡立てる……。

お菓子の仕上がりは、どれだけ愛情をかけたかを映す鏡のようだと感じていた。だから、すべての工程にいっさい手は抜かなかった。そうして手間暇かけて作ったお菓子を食べながら、もうひとつの趣味である『桃色ワンダーランド』に没頭したものだった。

こうして考えてみると、前世の私はずいぶんとお菓子作りにのめり込んでいたのだ……。

「……もったいないなぁ。こんなにおいしいスイーツがあって、あんなに素敵なお店もあって。なのに休業しなきゃならないだなんて」

「本当ね」

遠い前世を懐かしく思い出しながら、うっかりとこぼせば、聞きつけたシーラさんがうなずいて答えた。

それを見て、私はハッとして肩を縮めた。カフェの休業を誰よりも残念に思っているのは、部外者の私ではない。休業を余儀なくされたシーラさんなのだ。

「すみません。言っても仕方がないのに、私ってば余計なことを……」

「いいえ、謝ってもらう必要なんてないのよ。私自身も、なんとかして開けたいという気持ちは同じだもの。とはいえ、この時期にお店を手伝ってくれる人を見つけることなんてできないし、これぱっかりは仕方ないわ」

……え？　手伝ってくれる人？

「でもね、あなたたちのおかげで来年こそはって、すっかり気持ちも新たになった。今年だけ私も店も、ちょっとお休みさせてもらうわ」

シーラさんは納得した様子で語った。だけど私は、シーラさんがなにげなく口にした『手伝ってくれる人』という、先ほどの言葉が気になって仕方なかった。

「あの、シーラさん。さっきの手伝ってくれる人ってやつですけど……」

「え？　あぁ、この村はね、苺の収穫期の今が一番忙しいのよ。村の役場で求人の相談をしてみたんだけど、どこの農園も人手不足のようで、やはりこの時期に新しく人を見つけるのは無謀だったわ」

緊張の面持ちで切り出せば、真意とは違う答えが返される。

「いえ、そうではなくて。……その手伝いって私じゃ駄目ですか⁉」

「え？」

シーラさんはキョトンとした顔で私を見返した。

「実は私、お菓子作りが好きで、よく作っていたんです。あくまで趣味の範囲で、それを仕事にしていたわけではないんですが、レシピを教えていただければお手伝いできると思うんです。私にお店を手伝わせてもらうわけにはいきませんか？」

この時、私の頭の中では先のカーゴの言葉が思い出されていた。

カーゴは『あんなに多くの客で賑わうカフェを閉店してしまうのは、マイベリー村の損失だ』と言った。

だけど私は、こんなにもおいしいスイーツがあると知ってしまったからには、たとえワンシーズンだろうと休業が惜しまれてならなかった。

もしも私で、なにか手伝いができるなら――！　そんな使命感にも似た思いに突き動かされ、気づいたときには声をあげていた。

「もちろんよ！　大歓迎に決まっているわ！　私のスイーツはどれも作り方自体はとってもシンプルなの。お菓子作りに慣れ親しんでいたのなら、なんの問題もないわ！」

シーラさんは興奮気味に叫び、私に向かって身を乗り出した。

「……でも、あなたはゆっくりしたくてこの村に来たんじゃなかったかしら？　無理を押して働いてもらうのも、なんだか申し訳ないわ」

「いえ！　ゆっくりというのは、王都の喧騒を離れたかったという意味です。もともと、どこかで働き口を探そうと思っていたんです」

「あらまあ！　そういうことならぜひ、ここで働いてちょうだい！　あなたが一緒にお店を手伝ってくれるなら、こんなにうれしいことはないわ！」

シーラさんは、とてもうれしそうに笑って私の手を取った。

「こちらこそ！　シーラさん、よろしくお願いします！」

私も笑顔で手を握り返した。カーゴとルークは、私たちの様子を微笑んで見つめていた。

こうして私は早々にマイベリー村での働き口を決め、シーラさんとふたり、カフェを盛り立てていくことを決意した。

「さぁ、そうと決まれば、早速材料の仕入れを再開しなくちゃならないわね。とくに苺は、少しでもはやくお願いした方がいい。この後、交渉に行ってみるわ」

手を解くと、シーラさんが弾んだ声で告げた。

「それならば、俺たちの馬車で交渉先まで送っていこう。あいにくと今は馬車が俺たちの荷でいっぱいなんだが、家に荷を置いたらすぐに戻る。少し待っていてくれないか？」

カーゴの提案に、シーラさんは口もとに手をあてて逡巡のそぶりを見せた。

「わざわざ荷物を置いて戻ってきてもらうなんて、とんでもないわ。それにね、いつも苺の取引をさせていただいているマルゴーさんの農園はそう遠くないのよ。だから歩いて――」

「いいえ、シーラさん。実は、これは私の都合なんです。シーラさんに、私と一緒に仕入れ先を回っていただきたいんです。私もお店を手伝わせてもらうからには、この機会に苺農園はもちろん、すべての仕入れ先にちゃんとご挨拶をさせていただかないと。なので、どうか同行をお願いします」

「本当に義理堅いんだから……。もちろん一緒に回らせてもらうに決まっているわ。だけど仕入れ先全部となると、養鶏場に乳牛牧場、粉問屋さんと日暮れまで大忙しだわね」

シーラさんはフッと口もとを緩めると、肩をすくめながら悪戯っぽく言った。

「さすがに日暮れにはならないかと思いますが……とにかく、すぐに戻りますから！」

私たちはシーラさんのお宅を後にすると、私の借家とカーゴたちが借りたロッジを順番に巡り、慌ただしく荷物をおろした。そうして取る物も取りあえず、再びシーラさんのお宅に向かって馬車を駆った。

……あれ？　荷台でガタガタという走行音を聞きながら、ふと気づく。現在、御者台で手綱を取るのは、引き続きカーゴとルークのふたり。

ふたりがあたり前のように乗り込んだから、なんの疑問も抱かなかった。だけど本当は、ふたりは同行せずにロッジでゆっくり休んでくれていたってよかったのだ……。

思い至れば、胸がじんわりと温かなもので満たされる。

「カーゴ！ ルーク！ 付き合ってくれてありがとー！」

私は御者台のふたりに向かって、感謝を叫んだ。

「よかったです。急な営業再開にもかかわらず、どこもとても好意的に納品に応じてくださって」

日暮れ前に最後の仕入れ先を回り、私たちは帰路に就いていた。

「ええ。苺に関してだけ、少し心配していたんだけれど、今年の豊作が背中を押してくれたわね」

私は仕入れ先に向かう道中で、シーラさんから聞かされていた。

「はい。本当に状況に恵まれました」

マイベリー村産の苺は、苺農業組合で定められた統一規格でランク分けされている。シーラさんのお店では味、見た目ともに最も優れたAランクの苺のみを使用していたのだが、Aランクの苺は生産量が限られていて、どこの苺農園も提携する卸先に優先的に回してしまう。まれに生産に余剰が出た場合を除き、一般の市場に出回ることはほとんどないそうだ。

だから当然、その仕入れ交渉も一両日で成せるものではない。

「ええ。こんな当たり年は珍しいわ」

それが今年は、近年まれにみる豊作だという。とくに高品質の苺の生育が順調で、マルゴーさんはシーラさんに、例年と同じAランクの苺の納品を約束してくれた。

さらにマルゴーさんは、シーラさんの営業再開を我が事のように喜び、市場に回すならシーラさんに優先的に納品すると言って笑っていた。

私はそれを見るに、やはり長年の信頼関係の賜物だと、感じずにはいられなかった。

「今年の豊作はきっと、シーラさんの営業再開を見越した神様の贈り物ですね」

「あら、それを言うならアイリーンとの巡り合わせが一番の贈り物だわ」

「えっ！　私の腕を見る前にそれを言っちゃうんですね。これは、シーラさんが神様に返品を考えないで済むように、がんばらなくちゃなりません！」

「まぁ！」

意気込む私に、シーラさんが噴き出した。つられるように私も笑いだし、私たちは顔を見合わせて、ころころと笑い声をあげた。

「シーラさん、お宅に着きました」

「はーい！　……それじゃアイリーン、明後日お店で待っているわね」

カーゴの声を受け、シーラさんが馬車を降りようとする。

あたり前のように御者台からカーゴがやって来て、シーラさんに手を貸した。

その姿に、私の胸がトクンと跳ねる。その立ち居振る舞いから、カーゴが人にかしずかれることになじんでいるのは間違いなかった。けれど彼は、けっして尊大ではなく、こういった細やかな気遣いが自然にできる。

それはまさしく、彼自身の心構えによるところだろう。垣根のない彼の振る舞いが、私の目にとても好ましいものとして映った。

「はい、明後日にまたお邪魔します。シーラさん、今日はありがとうございました」

「こちらこそありがとう。またね」

シーラさんを玄関まで見送ってから、私たちは家路に就いた。こうして、長く充実したマイベリー村到着の日は、幕を閉じた。


荷ほどきを超特急で済ませ、住居も整った翌々日、私は朝からシーラさんとお店の厨房(ちゅうぼう)に立っていた。

そうしてお昼前、厨房には各種スイーツの試作品が並んだ。

「シーラさん、仕上がりはどうでしょうか?」

完成したスイーツを前に、私は合格点に足りただろうかと、恐々としながらシーラさんを見上げた。

シーラさんのお宅でご馳走になったものを細部まで詳細に再現したストロベリーパイには、艶やかな苺が隙間なく並び、今日も宝石のごときまばゆさだ。苺ピューレを練り込んだストロベリーパンケーキは、見た目からそのやわらかな食感までもが伝わってきそうだった。

同様に苺ピューレを練り込んだ芳しい焼き色のストロベリーワッフルは、先ほど味見をしてみたら、外はカリッと中はもっちりと絶妙の焼き加減でおいしかった。

……これなら大丈夫だとは思うんだけど、……どうかな？

緊張に、ゴクリと喉を鳴らした。

「あなた、プロ顔負けの腕前じゃないの！　とっても手際がいいし、なによりこの完成度の高さといったらないわ！」

シーラさんが、私の緊張を吹き飛ばすように興奮気味に叫んだ。

予想外の高評価に、私はホッと胸をなで下ろす。

「よかったです。だけどこれは、シーラさんのレシピがいいんです。私はレシピ通りに作っただけですから」

「それは謙遜よ。だって正直なところ、私が作ったものよりもおいしいんじゃないかってくらい。とにかく、これならなんの心配もなく調理を任せられるわ。こうしてアイリーンに来てもらえて、私はなんて幸運だったのかしら」

しみじみと言われれば、なんだかくすぐったくて、だけどそれ以上にすごくうれしい気分になった。

「私こそ、お店のお手伝いができてよかったです。それにお菓子作りがまたできて、私自身とても楽しいんです」

「あら、しばらくお菓子作りはお休みしていたの？」

厳密には、料理が好きだったのは前世の愛莉だ。アイリーンになってからは、伯爵令嬢という身分もあり、なかなか厨房に立つ機会がなかった。

「……そうですね。少し、お休みしていました」

「そう。じゃあここで、めいっぱい腕を振るってちょうだい！」

「はいっ！」

こうして調理をクリアした私は、今度は営業手順についてシーラさんに確認をしていった。

「もうすっかり大丈夫そうね……っ」

私がひとり、奥の戸棚を確認していると、シーラさんの言葉が不自然に途切れる。

「どうかしましたか？」

怪訝に思って振り返ると、シーラさんが屈んで足をさすっていた。

「大丈夫ですか⁉」

「いいえ、たいしたことないのよ。ただ、いつもより長く立っていたものだから、足に負担がかかったのかもしれないわ」

シーラさんはそう言って笑ったけれど、長時間の立ち仕事は負担が大きいようだった。

「……あの、シーラさん。私からこんなことを言うのは差し出がましいかもしれませんが、よかったら今シーズンのお店の営業を、まるまる私に任せてはもらえませんか？」

私はシーラさんを椅子に座らせると、逡巡の後に切り出した。

「え？」

当初は、私とシーラさんのふたりでお店を開ける方向で話が進んでいた。だけどシーラさんには、今シーズンはゆっくり休養してもらった方がいいように思えた。

「今の説明でおおよその流れはわかりました。私ひとりでもどうにか営業できると思います。それに、シーラさんのお宅はすぐそこです。困ったことがあれば、すぐに聞きに行くことができます」

「ありがとう。あなたにそう言ってもらえると助かるわ。こうして実際に店に出てきたら、想像よりも足の負担が大きくて……。内心、とても不安に思っていたのよ」

営業の再開に、かなり無理を押していたのだろう。シーラさんは私の提案に安堵の色を滲ませて、快く同意してくれた。

「お店の評判を落とさないようにがんばります！」

「本当に、アイリーンに来てもらえてよかった。それから丸一日は難しいけれど、もちろん私もちょくちょくお店に顔は出させてもらうわ」

「はい、よろしくお願いします！　私、もう一度調理と営業の流れをおさらいしてきますね」

「まぁ頼もしいこと」

――カラン、カラン。

店内にドアベルの音が響き、来訪者の存在を告げる。休業中はずしていたベルは、営業再開を決めた一昨日のうちに、カーゴの手で再び取りつけてもらっていた。

だけどまだ、表に営業再開の札は立てていない。

……誰だろう？

「あら、ジェームズじゃない。どうしたの、そんなに息せき切って？　もう収穫作業は終わったの？」

「シーラ、いたのか！」

私が慌てて厨房から店内に顔を出せば、来訪者はシーラさんと同年くらいのお爺さんだった。お爺さんはシーラさんと顔見知りのようで、ふたりは親しげに話し始めた。

「どうしてって、あんたの店に人の気配があったって配送屋から聞かされて、こうして大急ぎでやって来たんだ。休業中の店に、万が一物取りでも入ってたら大ごとだ」

「まあジェームズ！　あなた、わざわざ私を心配して来てくれたのね！　実はね、お店を再開することになったのよ」

「なんだって？　だが、あんた以前に一日中店に立つのは無理だって言ってたじゃないか」

「店を開けるのは私じゃないのよ。お店はね、とっても優秀な新店主が開けてくれることになったのよ。ね、アイリーン」

シーラさんはそう言って、私に視線を向けた。ジェームズさんも、シーラさんの視線を追って振り向いた。

私と目が合うと、ジェームズさんは驚いたように目を見開いた。

「初めまして、アイリーンといいます。縁あって、今シーズン、シーラさんの代理でお店を営業させていただくことになりました」

「なるほど、そういうことか！」

ジェームズさんは納得したように顔をうなずかせ、大股で私に歩み寄った。

「アイリーンさん、この店をどうぞよろしく頼みます」

「はい、精いっぱい務めさせていただきます」

ジェームズさんは深く皺を刻んで笑った。

「シーラ、よかったじゃないか。それにしたって、あれだけ探しても見つからなかったのに、この時期によくこんなにいい人を見つけられたなぁ」

ジェームズさんは視線を私からシーラさんに戻すと、しみじみと言った。

「ええ、本当に幸運な巡り合わせだったわ。それからジェームズ、その節はあなたにもずいぶんと手を尽くしてもらって、本当にお世話になったわね」

「なに、そんなことはいい。だが、本音を言うとわしは、もうこの店で一服できなくなってしまうんじゃないかと気が気じゃなかったんだ。店は使っていなきゃ、傷むばかりだ。なによりシーラだって、生きがいにしてた店をたたんじまったんじゃ、寂しくなっちまうだろうが」

「その通りね。あなたにはずいぶんと心配をかけたけど、こうして最高の結果になったわ。ありがとう」

「なに、同じ村内の仲間じゃないか。困っていりゃあ助けになるのは当然だ」

ジェームズさんの言葉には、お店の営業自体より、シーラさん自身に対する労わりが滲んでいた。なんとなくふたりには、ほかの人にはわからないふたりだけの深い絆があるのだと、そう思った。

「それで、営業の再開はいつからだ？　じきに苺の収穫は最盛期だ、今がまさにかき入れ時だろう」

「具体的なことはこれからなんです」

ジェームズさんのこの質問には私が答えた。

「実は、開店準備はほとんどできているんですが、村内に営業再開の案内ができていなくって。ですから営業は、その告知が十分に行き届いてからになりそうです」

私としても、開店休業の状態は望みじゃない。開店を多少うしろ倒しにしても、十分に集客が見込める状態で再開させたかった。

「そういうことなら、わしに任せろ！」

ジェームズさんがドンッと胸を叩いた。

「わしが苺農業組合の事務所で大々的に宣伝しといてやる！　なに、この村のほとんどが苺農家か、その関係者だ。明日の朝には全員に伝わる、これが一番手っ取りばやい！」

まさか、こんな宣伝の手段があるとは思ってもみなかった。

「助かります！　ぜひ、お願いします！」

「それなら間違いなく、村中に広まるわね。ジェームズ、よろしく頼むわ」

ジェームズさんの提案で、開店に向けて一気に弾みがついた。

「これで明日から開店だな！　とびきり美人の店主がうまい苺のスイーツを用意して待ってるって言っておこう」

「は、はいっ！　……って、いえ！　『美人の店主』の件はなしでお願いします！」

「ははは、はっ！」

こうして急転直下、お店は明日からの営業再開を決めた。

「再開初日には、少しでも多く人手があった方がいい。俺も朝から手伝おう」

え!?　聞こえてきた声に驚いて振り返れば、カーゴが入り口の扉に手をかけて立っていた。そのうしろには、ルークの姿もあった。

「カーゴ！　ルーク！」

――カラン、カラン。

ふたりが店内に入り、扉を閉めた振動で、ベルが鳴る。どうやらジェームズさんの来店の後、扉が開け放ったままになっていたらしい。

「ずいぶんと盛り上がっていたみたいだな。話が表にまで聞こえてたぜ」

ルークがヒョイと肩をすくめて苦笑した。

「す、すまん。わしが扉を閉めなかったんだな」

「いいえ。私もすっかり話に夢中になってしまったから」

ジェームズさんとシーラさんが恥ずかしそうに顔を見合わせたけれど、声をかけられるまで気づかなかったのは私も同じだ。

「ははは！　ま、この田舎じゃ、扉が開けっぱなしだろうと、不用心ってこともねぇやな。で、明日から開店なんだろう？　そういうことなら、もちろん俺も手伝うぜ！カーゴだけにいい格好させとくわけにはいかねえからな」

「ルーク……！」

カーゴのみならず、ルークまで手伝いを申し出てくれた。

「混雑が予想される。客の誘導や配膳、おおよその分担を決めておいた方がいいだろう」

「うん！　ちょっと待ってて！」

カーゴの的確な助言を受けて、私は持っていたノートを取り出すと、早速大まかな分担表を作り始めた。

カーゴとルークも、一緒になって分担表を覗き込んだ。

「シーラよ、この店にゃ頼もしい助っ人がずいぶんといっぱいいるようだ。これなら安心して任せておける。この時間だ、足がだいぶつらくなってきてるはずだ。わしが家まで送っていく」

私たちの様子を見ていたジェームズさんが、シーラさんにそっと水を向けた。

「本当に頼もしいわね。だけど足の方は大丈夫だから、気にしないでちょうだい」

シーラさんは笑顔で否定したけれど、私はジェームズさんの言葉にハッとした。

「シーラさん、お店のことは大丈夫ですから、もう自宅に戻って休まれてください。私では不安に感じる部分もあると思いますが、調理も営業の流れもだいぶ頭に入りました。だから後のことは、どうか私に任せてください」

「あなたに不安なんてあるわけがないわ。だけどそうね、明日もあるから、後は任せて帰らせてもらおうかしら」

「はい！　ゆっくり休んでください」

「よし、それじゃあシーラ、送っていこう」

ジェームズさんが差し出す腕を、シーラさんがスッと取った。

「明日も一日は難しいけれど、また朝に顔を出させてもらうわね」

「はい、明日もよろしくお願いします」

——カラン、カラン。

ふたりは腕を絡め、店の扉をくぐる。その時、ふいにジェームズさんがカーゴに目線を向けた。カーゴもまた、チラリとジェームズさんを見やり、ふたりの視線が絡んだ。

ふたりの目配せはほんの一瞬で、すぐにジェームズさんはシーラさんを促していってしまった。カーゴもまた、なにごともなかったように私とルークに向きなおる。

……今の、なんだったんだろう？

「よっしゃー！　カフェの開店日なら、綺麗どころがわんさか押し寄せてくるに違いねえな！」

覚えたわずかな違和感は、ルークのひと声であっという間に押し流された。

シーラさんとジェームズさんが帰った後、店内では私とカーゴ、ルークの三人で明日の役割分担を協議していた。

「ルークは厨房で、盛りつけの作業をお願いするわ」

「は⁉ どうして俺が接客じゃねえんだ⁉」

私が提示した役割に、ルークは不満もあらわに声をあげた。

「どうしてと言われれば……。ねぇルーク、たとえばの話だけど、ものすごく綺麗な女性がお客様として来たらどうする？」

「どうもこうもねえ！ そんなん口説くに決まってんだろうが！」

案の定、ルークは予想した通りの答えを返す。

「やっぱりルークは、厨房係をお願い。繁忙時にお客様の誘導案内が滞ると困るもの」

「なんだと⁉ 速攻で口説き落とすんだから、滞るわけがない」

ある意味、ここまで言いきられると清々しくはある。

だけどやっぱり、ルークは接客からはずしておくのが無難だ。

「アイリーン、実に正しい判断だ。ルーク、お前はなるべくして厨房係だ。それが不満なら、お前の手伝いは不要だ。俺がふたり分働く」

カーゴがピシャリと言い放つ。

「はんっ。べつに厨房係が不満とは言ってねえ。仕方ねえな、明日は俺の芸術的な盛りつけに唸らせてやるぜ」

芸術的な盛りつけ……？　私としては、メニューブックの通りに盛りつけてもらいたいのだが、手伝ってもらう手前、ここはあえて口をつぐんだ。

「では俺が配膳と下膳。厨房のフォローも入ろう。アイリーンはお客の案内と注文取り、会計だな」

カーゴが分担表の各作業項目を指差しながら言った。

「待って、カーゴ。それだとあきらかにカーゴの負担が大きいよ⁉」

「いや、明日は営業初日だ。アイリーンはできるだけ店頭に立ち、来客としっかり挨拶を交わしておいた方がいい。それが常連客の獲得にもつながってくる」

「……」

明日の来客をさばくだけでなく、先の顧客獲得までを見越したカーゴの言葉に、私は言葉を失っていた。

正直、私はそこまで頭が回っていなかった。

「それにだ、混むとはいっても、小さな村の喫茶の開店にさばききれないほどの来客はさすがにあり得ない。俺は最初から、アイリーンにじっくり接客に回ってもらうための手伝いと考えていた」

カーゴの読みは鋭い。

私は開店初日の客入りを、苺祭りの日と同じくらいになるだろうと予想していた。苺祭りというのは、年一回催されるマイベリー村最大のイベントで、この日はお店も朝から多くの客で賑わう。

この苺祭りの日の客入りが、だいたい普段の三倍程度。朝から晩まで大忙しだけれど、それでもシーラさんは毎年ひとりでお店をやりきると言っていた。

カーゴとルークが手伝ってくれれば人手は三倍だ。私は余裕を持った丁寧な接客ができるだろう。

「ありがとうカーゴ。お言葉に甘えて、私はひとりでも多く接客させてもらうね」

「ああ、そうしてくれ」

「それじゃあ、明日の作業分担はこれで決定！　もちろん忙しいときは状況を見て、私もどんどん動いていくね。ふたりとも、明日はよろしくお願いします！」

「任せておけ」

完成した分担表を示しながら、改めてふたりに協力をお願いすると、カーゴは微笑んでポンッと私の肩を叩いた。

ドキリと胸が跳ねた。その手はすぐに離れたけれど、カーゴが触れた部分には、どうしてかムズがゆさが残った。

「よっしゃ、これで明日はバッチリだな！　それよりアイリーン、厨房のあれ、試作品だろ？　よかったら俺らが味見してやるぜ⁉」

ルークが悪戯っぽい笑みで、厨房の調理台に置かれた試作品を指し示す。

全種類を作ったから、試作品は食べきれないほどの量があった。ふたりが食べてくれたら、私としてもありがたい。

「助かる！　今、お茶も入れるから待っていて！」

明日の開店に向けて、先行きは明るい。

私は軽い足取りで厨房に向かった。


そうして迎えたオープン初日。

カラッと晴れ渡った快晴の空の下、お店は朝から多くのお客様で賑わっていた。

「まぁ、ずいぶんとかわいらしい店主さんだわね。私、以前からこのお店のストロベリーパイが大好きなの。今シーズンはあきらめていたんだけれど、事務所でシーラさんに代わって新店主が再開するって聞いて、居ても立ってもいられなくて来ちゃったわ」

「いらっしゃいませ、早速のご来店ありがとうございます。シーラさんに代わってお店を営業させていただきます、アイリーンと申します。メニューはすべてシーラさんから引き継がせていただきました。ですのでストロベリーパイも、シーラさんの味をそのままお楽しみいただけます」

「アイリーンさんね、がんばってちょうだい。それじゃ、早速ストロベリーパイをお願いするわ」

「はい！」

ジェームズさんの宣伝が功を奏し、客足は途切れない。

「それにしたってシーラはいい人を迎えたわね。お店、とってもいい雰囲気じゃないの。味の方だってシーラに寸分も負けていないしね！　絶対にまた来させてもらうわ！」

「ありがとうございます」

「シーラにも、よろしく伝えておいて」

「はい！」

お客様にはシーラさんのおなじみだった方も多く、みんな、店の再開をとても喜んでくれていた。

「苺農業組合で聞いて、苺狩りのついでに寄らせてもらったんだけど、まさかマイベリー村でこんなにおいしい甘味が食べられるなんて思ってなかったよ」

初老の男性は苺農業組合の告知を見て、初めて来店してくれたようだった。

「ありがとうございます。マイベリー村へは、観光でいらっしゃったんですか?」

「いや、実を言うとね、私は王都でツアー旅行の企画会社を経営しているんだ。王都発のマイベリー村苺狩りツアーを企画していて、今回はその視察で来たんだ」

「お仕事でしたか。ここではどうぞ、いっとき仕事を忘れ、ゆっくりなさってください。今、温かいおしぼりをお持ちします」

私はお辞儀をして男性の席を離れた。

「……ふむ、苺狩りツアーの後に、ここでの休憩を組み込むのも悪くないな」

男性のつぶやきは店内の賑わいに混じり、私の耳には届かなかった。

「こりゃーすごい! ずいぶんと凝った盛りつけをしてみせるな。これはまさに芸術の域だ!」

感嘆して唸るお客様に気づいた私は、大慌てで駆け寄った。

「すみません、その盛りつけはオープン記念で……。明日以降は、メニューにある盛りつけです」

　お客様に注釈を入れつつ厨房をひと睨みすれば、ルークが得意げに微笑んで胸を張る。

「残念だ、今日だけなのか……ああ！　それじゃ、祭りとか記念の日には、ぜひまた頼むよ」

「……そうですね、検討しておきます」

　休む間もなく慌ただしく店内を行き来しながら、私は今までの人生で一番充実した時間を過ごしていた。

「アイリーン、さすがに疲れただろう？　今なら客足も落ち着いている。少し休んできたらどうだ？」

　お昼を回り、客足も落ち着いた午後三時。カーゴがすれ違いざまに、私の耳もとでささやいた。

「私は全然大丈夫！　お店でこうやってお客様の表情を見ているのが楽しくて仕方ないの！　カーゴこそ、休んできて？」

「いや、俺も大丈夫だ。君の言うように、店にいる方が楽しいからな」

「あ！　あちらのお客様、オーダーが決まったみたいだから行ってくるわ！」

カーゴに嬉々として告げると、私はお客様のテーブルに足を向けた。

「……そうだな。目を輝かせて、くるくるとよく動く君の姿を間近に見られて、こんなに楽しいことはない」

カーゴがさらに言葉を続けたような気もしたけれど、接客に向かってしまった私には、その内容まではわからなかった。


「これにて、本日分のスイーツは完売です！　これもすべて、皆さんの協力のおかげです。皆さん、今日はお疲れさまでした。本当にありがとうございました！」

最後のお客様を見送った後、私が店内のみんなに向かって頭を下げれば、みんなから温かい拍手が起こった。

「よっしゃー！　やりきったな！」

「今日の姿を見て、あなたにならなんの不安もなくお店をお願いできるって確信したわ。本当に立派だったわ」

「アイリーンさん、あんたはいい店主だ。今後にも期待しとるよ」

ルーク、シーラさん、ジェームズさん、みんなから口々に労いの声があがる。

「皆さん、ありがとうございます。それから、今後ともよろしくお願いします！」

みんなの優しさに包まれて、私は一日の疲れなど微塵も感じないくらい、とても満たされた思いだった。

するとこれまで静観していたカーゴが、そっと私に歩み寄る。

「よく勤め上げたな」

見上げれば、カーゴはやわらかに微笑んで、私の頭をポンポンッとなでた。

ドクンと胸が大きく跳ねた。

「……カーゴ、ありがとう」

初めての大舞台で、今日はずっと気持ちが高揚していた。だけど今、カーゴがなんの気なくしたであろう『ポンポン』が、私の胸をこれまでになく騒がせた。その後も鼓動は、ずっと速いテンポで打ちつけていた。

こうして、開店初日はみんなの協力によって、大成功で幕を閉じた——。


——カラン、カラン。

オープンから一週間。お昼前、お店にかわいらしいお客様がやって来た。六歳くらいの女の子が店に入るのを躊躇した様子で入り口から中を覗き、キョロキョロと見回していた。

「いらっしゃいませ」

もしかして、ここでお母さんか誰かと待ち合わせだろうか？　私は緊張した面持ちで佇む少女のもとに向かった。

……あ、苺の花びら。ふと、こちらを見上げる少女のスカートに、小さな花びらがついているのに気づく。どうやら少女は地元の苺農家の子どものようだ。

私は少女のスカートについた花びらをそっとつまみ上げると、屈んで少女と目線の高さを合わせた。

「苺の花びらがついていたわ。今まで苺の収穫をお手伝いしていたの？」

私の問いかけに、少女ははにかんだ笑みでうなずいた。だけど間近に向き合うと、暖かな陽気にもかかわらず、少女の顔は血色がなく、青白く感じられた。

ふと気になったけれど、彼女の人見知りによるものかと思い、私は少しでも彼女の緊張をほぐそうと言葉を続けた。

「そう、偉いわね。今日はすごくお天気がいいから、ハウスの中での収穫は暑かったでしょう。よかったら中で冷たい苺ミルクはいかが？　タピオカがたっぷり入っておいしいわ。あとは、アイスクリームやシャーベットもあるわ」

実はタピオカ入りの苺ミルクというのは、私が発案した新商品だ。数日前、シーラさんに味見をしてもらったらとても気に入ってくれて、お店で出してみたらどうかと言ってくれたのだ。

そうして今日、ついに改良を重ねた苺ミルクの初売り出しというわけだ。

「……それ、持って帰れる？」

「もちろん大丈夫よ。すぐに用意するわね」

私が厨房に向かおうとすると、少女が遠慮がちに私の腕を掴んだ。

「どうかした？」

私が尋ねれば、少女は不安げな面持ちでポケットに手を入れた。

「お姉ちゃん、お金、これで足りる？」

ポケットから差し出された手のひらには、一〇〇エーン硬貨が三枚のっかっていた。

……ええっと。

少女はギュッと眉根を寄せて、うかがうようにして私を見上げていた。

「ええ、足りるわよ。待っていて」

「よかったぁ！」

私の言葉に、少女はキュッと手のひらを握りしめ、安堵の笑みを浮かべた。

私は少女の頭をポンポンッとなでると、厨房に向かった。少女も後をついてきて、私が持ち帰り用のカップに苺ミルクを作る様子を、カウンター越しにニコニコと眺めていた。

「ストローは差しちゃっていい？」

「ううん！　持って帰るから、ストローはまだ差さないで！」

私がカップに蓋をセットしながら問えば、少女は慌てた様子で答えた。

私はひとつうなずいて、個包装されたままのストローを別添えで用意した。

「すぐ飲まないの？」

「うん！　ハウスでまだ、お父さんがお仕事してるの。うちはね、お母さんがいないから、お父さんは仕事に家のことにいつもすごく大変なの。私がゼーゼーしちゃうと、そのお世話まで……。これはね、お父さんにあげるんだ！」

……ゼーゼー？　少女は気管支や肺に病気があるのだろうか。もしかするとさっき感じた顔色の悪さも、それに関係しているのかもしれない。

「そっか。これはお父さんのためだったんだね」

少女の答えを聞いた私は新しいカップを手に取ると、もうひとつ苺ミルクを用意して持ち帰り用の袋に包んだ。

「え？　お姉ちゃん、私ひとつしか頼んでないよ？　それにもうお金が……」

私の行動に、少女は困惑の声をあげた。

「ふたつで三〇〇エーンよ。お父さんと一緒に、おいしく飲んでくれたらうれしいわ。よい一日を過ごしてね」

私が差し出す袋を受け取りながら、少女はパァッと微笑んだ。弾けるみたいな少女の笑みに、胸が温かな思いで満たされる。

「お姉ちゃんありがとう！」

袋を手渡すと、私はかわりに、少女の手のひらにずっと握られてぬくもりの移った三〇〇エーンを受け取った。

「はい、たしかに。それから、これは冷たいうちがおいしいわよ」

「うん！　本当にありがとう！」

少女はもう一度礼を繰り返すと、くるりと踵(きびす)を返し、袋を大事そうに懐に抱いて歩きだした。

「気をつけてね！」

私は少女の背中が道の向こうに見えなくなるまで見送ると、軽い足取りで店の奥の戸棚に向かった。戸棚の引き出しから自分の財布を取り出すと、中から一〇〇〇エーン紙幣を抜いて、かわりに少女から受け取った三〇〇エーンをしまう。

……それにしても、いい笑顔だったなぁ。少女の笑顔を思い出せば、私の口もとにも自ずと笑みが浮かぶ。

私はとても幸せな気分で会計台帳に『苺ミルク二個』と記入して、一〇〇〇エーンを会計レジに入れた。


――カラン、カラン。

「いらっしゃ……って、カーゴ!」

「やぁアイリーン」

お昼過ぎ、上天気なのになぜか手に傘を持ってカーゴが店にやって来た。

カーゴは慣れた様子で店内を進むと、厨房と対面式になっている一番奥のカウンター席に腰を下ろした。私がシーラさんの店を引き継いで一週間で、この席はすっかりカーゴの定位置になっていた。

「今日ははやいね」

店内の壁掛け時計に視線を向けながら、思わず首をかしげる。

カーゴはいつも閉店の一時間くらい前にやって来て、店内で時間を過ごす。そうして私の店じまいを待って、一緒に店を出るのが習慣になっていた。

「ああ、所用があってな。すまないが今日は送れそうにない。帰りはこれを使ってくれ」

カーゴはそう言って、私に傘を差し出した。

「え？　こんなに上天気なのに？」

私は窓の外に広がる青空を見て、首をかしげた。

「おそらく夕方過ぎにひと雨くる。長くは降らないと思うが、君の帰宅時間とかぶってはいけない。一応、持っておくといい」

カーゴの天気の予想は、ものすごくよくあたる。というよりも、ほとんど百発百中。カーゴが言うのなら、確実に雨は降る。

「うん。ありがとう」

私は礼を言って、傘を受け取った。

「今日もいつものを頼む」

「はい」

私が注文を受けて厨房に向かえば、カーゴはいつも通り鞄から分厚い本を取り出してスッと視線を落とした。

……だけど、私は知っている。

カーゴが本に目線を落としているのは最初だけで、気づくと接客をする私の様子を眺めている。おそらく、慣れない私が失敗するのではないかと気が気じゃないのだろう。

ちなみに店内にほかのお客様がいないときは、私たちはよくとりとめのない話をしている。だからやはり、カーゴは本を読み進められてはいない。私としては読書の邪魔をするのは本意ではないのだが、話題を振ってくるのはいつも彼からだった。

……そもそも、どうしてカーゴはこんなに頻繁に店に顔を出してくれるんだろう？

うーん、わからない。

私は注文されたメニューを用意する手は休めないまま、頭の中では答えの出ない堂々巡りをしていた。

……よしっ、できた！　完成した注文品を手に振り返れば、カーゴは閉じた本をカウンターテーブルの脇によけた。

「お待たせしました」

私はカーゴが空けてくれたスペースに『いつもの』をドンッと置く。

「お、うまそうだ」

カーゴはスッと目を細くして微笑むと、ストロベリーパイにフォークを差し入れた。

「お昼食べたばっかりだよね？　今日もそのボリュームって、大丈夫なの？」

時刻は現在お昼過ぎ。ふと、気になって水を向ければ、カーゴは大ぶりにカットしたストロベリーパイを頬張りながら、笑みを深くした。

「君のスイーツはうまい。いくらだって食べられる」

「そ、そっか」

シーラさんのレシピ通りに作っているのだから、厳密にはシーラさんのスイーツだ。とにかくカーゴは、昼食後だろうが閉店前の夜だろうが、山と盛られたスイーツをものともしない。

私はこの時、ストロベリーパイ、ストロベリーワッフル、ストロベリーパンケーキにアイスクリームなどなど、『いつもの』全部のせプレートを端から平らげていくカーゴを見ながら、先ほどの堂々巡りにひとつの結論を見いだしていた。

……これはもう、間違いない。どうして頻繁に顔を出すかって、そんなのはカーゴが苺のスイーツをこよなく愛しているからに決まってる――！

「よかったらこれ、私からのサービスよ」

気分がすっきりした私は、無類の苺スイーツ好きのカーゴに、苺ミルクをサービスした。

「ん？　これはメニューにはなかったよな」

カーゴはメニューブックを取り上げると、追加した苺ミルクのページで手を止める。

「もしかして、これは君の発案じゃないか？」

そうして見事、言いあててみせた。

「さすがカーゴ、よくわかったわね。この間、シーラさんに出したら気に入ってくれて、お店で出してみたらどうかって言ってもらったの」

「そうか。それは楽しみだな」

カーゴはそう言って受け取ったものの、なぜかグラスを眺めるばかりでなかなか飲もうとはしなかった。そうして『いつもの』を全部食べ終えた後で、苺ミルクをゆっくりと味わうように飲み始めた。

「うまいな。タピオカとの相性がとてもいい。これはきっと、ここの看板メニューになるな。ごちそうさま」

カーゴは一時間ほど店内で過ごすと、そう言って帰っていった。

カウンター席には、『いつもの』代金より五〇〇エーン多い金額が置かれていた。

「もうカーゴってば。……私、サービスって言ったのに」

ポツリとつぶやきながら、カーゴの義理堅さに笑みがこぼれた。

――カラン、カラン。

「ごめんください」

カーゴが店を出てすぐに、ひとりの男性が訪れた。

「いらっしゃいませ……あ、マルゴーさん！」

なんと男性は、店が毎朝苺の納品を受けている農園の主、マルゴーさんだった。

「アイリーンさん、今日はこちらにご迷惑をかけてしまい、申し訳ありませんでした」

出迎えた私に、マルゴーさんは直角に腰を折った。

「え⁉　謝っていただくようなことなんてなにも……！　とにかく、頭を上げてください！」

私はわけがわからないまま、とりあえずマルゴーさんに頭を上げてもらうように必死で取り成す。

「いえ、まさか娘がひとりでこんな行動を取るとは思っていなかった。代金が足りない状態でお店を訪れて迷惑をかけてしまったことは、やはり謝罪をしなければなりません。もちろん、きちんと代金も支払わせていただきます」

私は『娘』と言われて初めて、彼からの謝罪理由に思いあたった。

「……あ、もしかして、午前中の女の子はマルゴーさんの娘さんですか？」

「はい。娘のカエラです」

なんと、あの子がマルゴーさんのお嬢さんだったとは驚いた。

「カエラちゃんからどういうふうに聞いたのかはわかりませんが、謝っていただく理由はまるでないんです。代金について、カエラちゃんは、ちゃんと私に足りるかと聞いてくれました。私がそれに大丈夫だと答えてお売りしたんです。だから、カエラちゃんに非はありません。支払いはもちろん、謝っていただく必要だってありません」

マルゴーさんがやっと頭を上げてくれたことに、私はホッと胸をなで下ろした。

「娘の気持ちをくんでいただいて、本当にありがとうございました。あなたに謝罪はもちろんですが、私はそれ以上にお礼が伝えたかったんです。今日の午前中、娘が暑い中の作業で大変だろうと言って、私に小遣いで冷たい飲み物を買ってきてくれた。この店の品物だというのは、容器を見てひと目で気づきました。娘の気持ちはうれしかったんですが、娘の小遣いで買える品じゃないというのは、すぐにわかります。それとなく娘に尋ねたら、ここでの経緯をすべて教えてくれました。さらにあなたが『よい一日を過ごして』と言って送り出してくれたと聞いて驚きました。あなたの優しさに胸が熱くなりました」

同じだ。私もまた、カエラちゃんにここ一番の笑顔をもらって、胸が温かくなった。

今日という日を微笑んで過ごすことができたのだから。

「ここで販売する物の価値は私が決めます。私はカエラちゃんから受け取った、お父さんへの思いがつまった三〇〇エーンに、ふさわしいと思う商品を提供したにすぎません。ですから私はこれ以上、マルゴーさんからお金をいただくつもりはありません」

「アイリーンさん……」

私の言葉を聞いたマルゴーさんは、顎のあたりに手をあててしばらく考え込んでしまった。

「……では、こうさせてください！」

彼はバッと顔を上げると、ポケットからメモ帳を取り出してなにかを書き始めた。

書き終えるとメモ紙を切り離し、私に向かって差し出した。

私は受け取ったメモに目線を走らせた。

メモには【苺ミルクのファンより、このメモを見つけたあなたに苺ミルクをサービスします。気に入っていただけたら、ぜひまた注文をお願いします。よい一日を！】

そう書かれていた。

「このメモをメニューブックに挟ませてもらえませんか？　そうして最初に見つけた方に、私から苺ミルクを提供させてください」

メモを読み終えた私は、マルゴーさんの粋な計らいに驚いて言葉をなくした。

「……す、すみません、勝手なことを言って。こういうのは、お店の流儀に反しますよね。忘れてください」

答えない私に、マルゴーさんは慌てた様子で撤回の言葉を口にした。そうして私が握ったままのメモを回収しようと手を伸ばす。

「いいえ。ぜひ！」

私はその手をギュッと握り込んで、身を乗り出した。

「え？」

「ぜひ、お願いします！　これを見つけた人は、絶対に笑顔になります。メモにある通り、とてもよい一日を送れます。そしてその人の笑顔は、また違う誰かの笑顔を引き出すことになるでしょう！　とても素敵なアイディアです！」

私の言葉に、マルゴーさんは驚いたように目を見開いた。

「あ、ありがとうございます」

マルゴーさんはこれまでの勢いとは打って変わって、今はうつむき加減で照れくさそうに答えた。

「……やはりあなたは素敵な人だ」

マルゴーさんのつぶやきは小さくて聞こえなかった。

「なんですか？」

「い、いえ！　なんでもありません。娘は私の母が見てくれていますから、このままメニューブックの冊数分、ここでメモを書かせていただきます。なにか、おすすめのドリンクをお任せでお願いします」

なんと、マルゴーさんはこのサプライズを店内に置かれたメニューブック五冊分すべてに行うつもりのようだ。それだとさすがに、してもらいすぎな気もしたけれど、マルゴーさんがとても幸せそうにメモを書き始めるのを見て、私はそのまま厨房に向かった。

「ドライストロベリーで風味づけした紅茶です」

私がテーブルに温かな湯気を立てる紅茶を置けば、マルゴーさんはメモを綴る手を止めて、コクリと紅茶を含んだ。

「……とても甘い」

そう答えたマルゴーさんの頬は、なんだか少し紅潮して見えた。

「そうですか。よかった」

……あれ？　答えながら、ふと、疑問がよぎる。

ドライストロベリーはあくまで風味づけ。味は普通の紅茶のはずなのだが?　私は内心で首をひねった。

そうこうしているうちにマルゴーさんは五枚のメモを仕上げ、メニューブックに挟み込んだ。

「では、私はこれで失礼します」

「はい、お気をつけて。……あ、雨ですね」

見送りに出ると、カーゴの予想通りいつの間にか空は薄雲に覆われて、ポツリポツリと雨粒を落とし始めていた。

「いえ!　まだほんの小雨ですから、このくらいはまるで問題ありません!　それじゃあ、また!」

「あ……」

マルゴーさんはそう言うと、私が止める間もなく雨の中に駆け出していった。

カフェのすぐ横に立つ一本の巨木。俺はその巨木の陰にピタリとかぶさるようにして、ジーッと、ジーッと窓越しに中の様子をうかがっていた。

……けしからん。これはたいへんに、けしからん。おのれあの男、俺のアイリーンに鼻の下を伸ばすなど、言語道断だ！

俺は怒りに尾っぽをビビビッと尖らせて、荒ぶる心のまま右の肉球でペチコンッと巨木の根もとをパンチした。巨木はその衝撃で哀れなほど、ぐらぐらと揺れた。

アイリーンは俺のだ。俺のだぞー！

……い、いかん。

薄れる理性の片隅で、意識がだんだんと獣の本能に引きずられていることを自覚していた。

これは本降りになる前に、早々に戻らねば大変なことになる！

俺はうしろ髪を引かれる思いで巨木から前足をはずすと、地面にトンッと四つ足になった。そのままルークと同居するロッジへと駆け出した。

——テテテテッ、テテテッ……テク、テク……ピタッ。

しかしロッジに向かう途中で、足が止まった。

……どうして俺はロッジに戻らなければならないんだ？

コテンと首をかしげる。その時、たまたま視界に映った空はぶ厚い雨雲に覆われていた。

パラパラとした降り始めの雨は、いつの間にかザーザーと本降りに変わっていた。

……よし、アイリーンのところに戻ろう！　降り注ぐ雨を体に受けながら、俺の中から迷いが消えた。

俺は全速力で来た道を戻った。

「……なぁばあさん、今そこに白いでっけぇ猛獣がいなかったか？　三日前の雨降りに、お向かいのター坊も見たって言ってたろ。それじゃねぇか？」

「じいさん、なに寝ぼけたこと言ってんだ。ター坊は、大人を驚かしたくて言ってるだけだ。……いや、じいさんが白っぽく見えたんだったら、もしかしたら白内障が進んじまったのかもしれねえ。明日、目医者さ行った方がいいな」

「そ、そうだな。明日は朝一番で目医者に行ってくる」

俺が鼻先を店へと向ける直前、肩寄せ合ってひとつの傘をさす老夫婦を見たような気もしたが、アイリーンのことで頭がいっぱいの俺に、そんなことを気にする余裕はなかった。

俺が先ほどまで定位置としていた巨木に戻ったとき、すでに客の男はおらず、アイリーンは店にひとりだった。

調理の技術向上に余念のないアイリーンは厨房に立ち、真剣な様子でなにかをかき混ぜていた。

横の大型オーブンから立ちのぼる、甘く香ばしい香りに俺はクンッと鼻をヒクつかせた。

自然と尾っぽも、パッタンパッタンと揺れる。

その時、アイリーンがかき混ぜていた手を止める。右手にミトンをつけると、オーブンに向かう。

アイリーンは左手でオーブンの扉を開き、中からふんわりと黄金色に焼き上がったなにかを取り出す。いっそう濃く立ちのぼる、甘～い香り。そうしてなにより、焼き上がったそれを見たアイリーンが、甘くとろけるように笑う。

あれは、なんだ？　巨木の陰から目を凝らす。

……あ、あれは！　シフォンケーキ――!!

目にした瞬間、俺の瞳孔はキラリと縦に光り、はち切れそうな勢いで尾っぽが振れた。

しかもあのシフォンケーキは、そんじょそこらのシフォンケーキとはわけが違う！

アイリーン手作りのシフォンケーキだ――!!

気づいたときには、俺は巨木の陰を飛び出していた。同時にここで、かすれかすれになんとか現状認識していた『俺』の意識は、プツリと途切れた――。

＊＊＊

「よし、できた！」

カーゴの予想通り、夕方過ぎからザーザー降りの雨になった。

雨が降ると、客足は一気に遠のく。三日前に雨がパラついたときも、客足はパタリと途絶えてしまった。

今日もきっと、もうお客様は来ない。そう踏んで、私はマルゴーさんが帰ってから、ずっと厨房でシフォンケーキの試作品を作っていた。

「見た目は文句なし。さて、肝心の味はどうかな?」

私はふっくらと焼き上がったシフォンケーキを早速皿に移した。

──カラン、カラン。

私がまさにシフォンケーキにフォークを入れようかというその時、入店を知らせるベルが鳴る。

え⁉　こんな天気なのにお客様!

「い、いらっしゃいませ!　すぐに伺います!」

私は慌ててフォークを置くと、厨房からカウンター越しに声を張る。

厨房からヒラリと店内に身をすべらせて、入り口の扉を視界に捉えた瞬間、私は目を見開いたまま岩のごとく固まった。

我が目が信じられず、意図的に瞬きを繰り返した。しかし、目の前の光景は先ほどと寸分も変わらない。

……おかしいのは、我が目じゃない。

バックンバックンと、胸を突き破りそうな勢いで鼓動が鳴る。全身を滝のような汗が伝う。

……おかしいのは、私の頭!　だって私、見えてはいけないものが見えている‼

『真っ白い毛むくじゃらを見たんだ！』

その時、私の脳内にター坊の声が響き渡った。ハッとして、私は五歳の少年、ター坊の言葉を思い返した。

昨日お母さんと店を訪れたター坊は、私に『一昨日の雨のとき、僕の布団よりもでっかい、真っ白い毛むくじゃらを見たんだ！　毛むくじゃらはものすごい目をしてこの店を見てた！　あの凶悪な毛むくじゃらは絶対にこの店……ううん、お姉ちゃんのことを狙ってるんだ！』と、必死に訴えていた。

お母さんはあきれ顔でター坊をたしなめて、私も話半分に聞いていたが……。

ゴクリと緊張に唾をのむ。

「ガルルルル」

……間違いない。

唸りをあげ、鋭い牙が覗く口からよだれを垂らし、モフモフの毛で入り口を埋め尽くす四メートルはあろうかという猛獣は、ター坊の言っていた『凶悪な毛むくじゃら』だ。そうして、この『凶悪な毛むくじゃら』が狙っているのは、私――！

母屋には足の悪いシーラさんがいる。絶対に、シーラさんのところに行かせるわけにはいかない。

そう考えると、これはむしろ好都合。……私がなんとしても、ここで奴をヤるしかない！

なにかで読んだことがある……。こういうのは、視線を逸らしたらヤられる……！

『凶悪な毛むくじゃら』はモフモフの体を窮屈そうに入り口にねじ込んで店内に身をすべらせると、のっし、のっしと私に迫った。一歩、また一歩と、私は後退を余儀なくされる。

私はキッと『凶悪な毛むくじゃら』を睨みつけたまま、起死回生の一手となる武器を求めた。厨房の壁に手を這わせ、フックでぶら下がる調理器具から、手探りでそれっぽい感触の物を掴み取る。

結果、私は右手に麺棒、左手にフライパンを握りしめて構えた。双方逸らさぬまま、私と『凶悪な毛むくじゃら』の目線が激しくぶつかっていた。

ところが厨房に前足を踏み入れたところで、『凶悪な毛むくじゃら』が目線を私から、チラリと横にずらした。

……え？　目線って、逸らしたらヤられちゃうんじゃなかった？　頭に疑問符を浮かべつつ、私も『凶悪な毛むくじゃら』の目線の先を追う。その目線はあるものに続いていた。

……いやいや、まさかね。

ところが『凶悪な毛むくじゃら』は、私の横の調理台に置かれたそれを一心に見つめ、鼻をヒクヒクとさせている。しかも尾っぽを、ちぎれそうな勢いでブンブンと振り回している。

……も、もしかして。いやいや、そんな。で、でもでも。

そうこうしているうちに『凶悪な毛むくじゃら』が再び私に向かい、のっし、のっしと一歩ずつ距離を詰める。厨房の奥へと追い込まれた私には、もう、逃げ場はなかった。

……だ、駄目だ！ 四メートルの『凶悪な毛むくじゃら』に二十センチの麺棒では、どう考えても太刀打ちできない。せいぜいモフモフの毛に、棒の先が埋もれるのが関の山だ。

……じゃ、じゃあどうしたら⁉

「ガルル、ガル、ガル」

ひぇええっ！ また唸ってる！ しかも、すごいよだれ‼

「っ！ ええい、これでも食らえ！」

窮地に追い込まれた私は咄嗟に右手の麺棒をうしろに放り、かわりにシフォンケーキののった皿を掴んで『凶悪な毛むくじゃら』に差し出した。

「ガルッ！　グァルルル！」

ひと際大きな咆哮(ほうこう)を耳にしたのが最後。差し出した皿が奪うように取られたのはわかったが、恐ろしさから、これ以上見ていることはできなかった。

私は身を縮め、ギュッとまぶたをつむったまま、フライパンを握りしめて『凶悪な毛むくじゃら』の咀嚼音(そしゃくおん)を聞いていた。

半ば捨て鉢で取った行動だった。だけど咄嗟の行動が功を奏し『凶悪な毛むくじゃら』はムシャムシャとものすごい勢いでシフォンケーキを食べ進めているようだ。

とはいえ、それとてしょせん、一刻の猶予を与えてくれたにすぎない。恐ろしげな咀嚼音が私の戦意を奪う。体は恐怖で固まって、これでは『凶悪な毛むくじゃら』に立ち向かうことはできない。

……万策は尽きた。あのシフォンケーキが食べ終えられたとき、次に食われるのは私だ。

すると脳裏に、前世の日本のことから、今日に至るまでの日々の記憶が、走馬灯のように浮かび上がった。モノクロで早送りみたいに脳内を駆けていく記憶の中で、不思議なことにカーゴの姿だけが鮮やかな色彩とたしかな存在感を持っていた。

「……カーゴ」

キラキラとまばゆいカーゴの残像を惜しむように、小さくその名をつぶやいた。

「ガウッ！」

え？　なぜか、カーゴという名に『凶悪な毛むくじゃら』が返事をしたように聞こえ、私は反射的にずっと閉じてたまぶたを開けた。

「え⁉」

まさか、『凶悪な毛むくじゃら』が行儀よく床にお座りし、シフォンケーキのお皿をジーッと、ジーッと見つめていた。しかもなぜか、その皿にはシフォンケーキが半分残っていた。

「た、食べないの？」

『凶悪な毛むくじゃら』は私を見ると、半分残ったシフォンケーキの皿の端にモフモフの右前足をかけて、ツツツッと私の方へと押しやった。

「ガウ。……ジュルリ」

私が口にした『食べないの？』という問いは、『私を食べないのか？』という意味だったのだが、『凶悪な毛むくじゃら』はまるで『半分こ』とでも言うように鳴き、ついでによだれをすすった。

「もしかして、私のために半分残してくれたの？」

「ガウッ！」

……これ、肯定してるよね⁉　どうやら『凶悪な毛むくじゃら』は、実はたいへん『お利口さんな毛むくじゃら』だったらしい。

──ゴクリ。

無意識に唾をのんだ。

お行儀よくお座りした四メートルの巨大モフモフ……。そわそわとした落ち着かなさをごまかすように、私はもう一度ゴクリと喉を鳴らす。

その間も巨大モフモフは、つぶらなグリーンの瞳で私を見つめている。

ヴッ‼

私、もう無理──‼　めっちゃかわいい！　めっちゃなでたい！　……ううん。あわよくば、あのモフモフの毛に顔をうずめ、心ゆくまでモフりたい──‼

ついに私の欲求が弾けた。

「お願い！　シフォンケーキの残りをあげる！　だから、ちょっとだけなでさせてっ！」

気がつけば、私は巨大モフモフに向かって叫んでいた。

巨大モフモフは一瞬、キョトンとしたような顔をして、直後バフンッと伏せをした！

「ガウ」

どうやら巨大モフモフは私の求めに応じてくれたようだ。

「あ、ありがとう！」

ハァハァと息が上がり、体温は急上昇。鼓動も駆け足で鳴り響く。

そろり、そろりと手を伸ばす。指先が、ついにモフモフの頭頂に触れる。

な、なにこの魅惑のモフモフ!?　モフモフの毛は極上の質感と艶感で、私を歓喜に震わせた。

……駄目、私、もう我慢できない！

「う、うっ、うわぁあああっ‼　モフモフ！　ふわふわ！　もっこもっこ！　そんでもって、おててのの肉球はぷにっぷに！　なにこれ、モフモフ天国だぁあ～‼」

魅惑のモフモフを前に、私の理性はガラガラと崩壊した。『ちょっと』という先の言葉はすっかりどこかに吹き飛んで、私は巨大モフモフを心のままになでくり回す。

モフモフは私が飛びついた瞬間、ビクンッと四メートルの巨体を跳ねさせたけれど、抗おうとはせず、借りてきたネコのごときおとなしさで私のするに身を任せていた。

……ん？　借りてきた、ネコ？

ふと、気づく。

「あなた、サイズこそ規格外だけど、ネコだよね？」

「ガ、ガウゥ」

巨大モフモフは、ブルブルと首を横に振る。

「……ううん、間違いない！　あのネコをでっかくしたら、まさにあなただもの！　あなたはプリンスよ！」

私がモフモフの毛並みの中で、いっとうやわらかでモフモフの首もとから顔を上げて言えば、モフモフは困惑気味に首をかしげる。

アイリーンとして転生してからここまで、私は『桃色ワンダーランド』のシナリオを忠実にたどっていたが、実を言うと一点だけゲームの設定と異なる部分があったのだ。

それが、アイリーンの愛猫プリンス――！　『桃色ワンダーランド』では、アイリーンが生まれたときから、実家でプリンスという名のネコを飼っているはずだった。だけど不思議なことに、この世界ではお母様が動物にアレルギーを持っており、実家にプリンスはいなかった。

とはいえ、ゲームの本筋とは関係ないので、あまり気にしたことはなかった。

だけど今、見れば見るほど目の前の巨大モフモフはプリンスによく似ていた。なにより、プリンスの一番の特徴である耳の形が一緒だった。プリンスも目の前の巨大モフモフと同じく、ネコでは珍しい丸型の耳をしていたのだ！

「あなたはプリンスなんだよね？　そうでしょう⁉」

「……ガウ」

巨大モフモフ、改め、プリンスはものすごく悩ましげにひと声鳴いた。それは間違いなく、同意だった。

「うれしいわプリンス！　私、あなたに会いたかった！」

私がギューッと抱きしめて、やわらかな毛にモフモフと頬ずりすれば、プリンスは宝石みたいなグリーンの瞳をキラキラと輝かせた。

「ガウッ」

プリンスをモフり倒しながら、私の中ですべてに合点がいっていた。

ゲームをしているとき、たまにビックリするようなバグ画像を目にすることがある。

プリンスは、まさにそれなのだ！

プリンスはプログラミング上の不具合で、でっかくされてしまったに違いない。その結果、正しい時期に登場できず、こうして今になって、私の前に姿を現したというわけだ！

「それからね、プリンス！　あなたがどんなに大きかろうが、私のかわいいネコちゃんには違いないわ！　私たち、仲よくやっていきましょう⁉」

「ガ、ガウッ」

私は心ゆくまで、プリンスの極上の毛並みを堪能した。

わぁああ！　なにこのモフモフ天国、幸せすぎる〜！

私は生まれて初めて、『桃色ワンダーランド』の悪役令嬢、アイリーン・オークウッドに転生できたことを感謝した。ついでに、バグを作ってくれたプログラマーにも感謝した。

＊＊＊

気づいたとき、俺はアイリーンから『プリンス』と呼ばれていた。

どうしてアイリーンが、俺が皇子(プリンス)だと知っている……？　俺の身分は安易に明かしていいものではなかったから、これには正直驚いた。

とはいえ、アイリーンは俺の『プリンセス』になるのだから、さほど問題とは捉えなかった。

それよりも、目下俺の最大の思案事項は、アイリーンが俺を『ネコ』扱いすることだった。しかもアイリーンは、俺のことを『ネコちゃん』と呼んではばからない。

アイリーン、君はなにか間違えている！　俺はネコではなく虎だ！　ここは断固、アイリーンに徹底抗議を――！

「ふふふ、プリンス。なんてかわいいネコちゃんなんだろう」

キリリと見上げた瞬間、アイリーンにガラ空きになった喉もとをモフモフとなでられて、その気持ちよさにとろけた。

「グルグル」

自然と喉が鳴り、尾っぽもバッフバッフとはためく。

……うむ、アイリーンが俺をネコと呼ぶのなら、細かいことは言いっこなしだ。

「ふふふ、気持ちいい？」

「ガウガウッ、……グルグル」

なにより大きくくくれば虎とて同じネコ科なのだからして、気にするほどのことではない！　俺はこの日から、甘んじて『ネコちゃん』になることを決めた。

「あ、そうだ。さっきのシフォンケーキは約束通りプリンスのだよ。はい、遠慮なく召し上がれ？」

「ガウガウ」

俺はアイリーンの手ずからシフォンケーキを頬張り、ついでにその手をペロペロした。

「きゃっ、やだプリンス。くすぐったいよっ」

俺はアイリーンが抵抗しないのをいいことに、手首といわず、腕といわず、やわらかな首もとから頬までをペロペロと舐めて堪能した。

シフォンケーキは甘い。けれどアイリーンの肌は、俺の舌にシフォンケーキより、もっと甘い。

「こーら、プリンス！　めっ！」

アイリーンの『めっ！』を耳にした瞬間、俺はピキンッと固まる。『めっ！』のかわいさの破壊力に、くらくらした。

すると、動きを止めた俺の胸にアイリーンがバフンッと飛び込んで、形勢逆転とばかりに再びモフモフとし始めた。

俺はおとなしくアイリーンのするに身を任せながら、夢のような幸福を噛みしめていた。

「もう、プリンスったら食いしん坊なんだから」

……食いしん坊？　いいや、俺が本当に食べたいのはケーキじゃない。

俺が食べたいのは――。

「……あ。そろそろ雨、上がりそうね」

なんだと⁉

アイリーンのつぶやきを聞き、弾かれたように窓に目線を向ければ、ザーザー降りの雨はすっかりと雨足を弱くして、いつやんでもおかしくない状態になっていた。

どうやら俺は、心地いいアイリーンとの時間に浸りきり、すっかり状況把握をおろそかにしてしまったようだった。

「長くは降らないって、カーゴが言っていた通りね。……あ、カーゴっていうのは私の元同級生なの」

「ガウ」

ん？　そんなことはわざわざ言われずとも、俺のことは俺が誰より知って……い、いかん‼　今はそれどころではない……！

「今度プリンスにも、カーゴを紹介するわね……って、え？」

このままでは俺はアイリーンの前で人型になってしまう！　もはや一刻の猶予もない俺は、やわらかなアイリーンの腕を脱し、入り口の扉に向かって脇目も振らずに駆け出した。

「ちょっ！　プリンス、やだよ⁉　どうして行っちゃうの⁉」

アイリーンが俺の背中に向かい、悲壮感のこもる声で呼びかける。

俺とてアイリーンの温かな腕の中を飛び出すことは本意じゃない。だが、このままここにとどまっていては……。

だ、駄目だ！　それだけはできん！

アイリーンの目にあらぬところをさらすなど、できるわけがない！　なにを隠そう獣化が解けて人型に転じる際、もれなく俺はすっぽんぽんなのだ。

「ガウッ！」

また明日、俺はここに……いや、獣姿の俺は次の雨降りにまたここに来る！　だからアイリーン、今はさらばだ！

俺は扉を出る直前にアイリーンを振り返り、その瞳に再訪を固く誓った。そうして今度こそ扉を出て、全速力で走った。

俺を見つめるアイリーンの切ない目が、脳裏から離れなかった。

段々と弱まる雨を背中に受けながら、俺はひたすら走った。なんとか雨が上がる直前に、ルークと同居するロッジの玄関に体をすべり込ませた。

――ポポンッ！

玄関扉が閉まった瞬間に、俺の獣化が解けた。

なんとかギリギリ、間に合ったようだ。

――バサッ！

俺が安堵に胸をなで下ろしていれば、頭上にバスローブが投げつけられた。見上げれば、玄関の先でルークが仁王立ちして俺を睨みつけていた。

「すまないな」

ルークの目はあきらかに据わっていたが、ルークが俺を心配し、ずっと帰宅を待ってくれていたことは間違いなかった。頭上にかけられたバスローブがそれを証明していた。パリッと乾いたバスローブは、帰宅する俺のためにルークがわざわざ用意しておいてくれたのだ。

「すまないな、じゃねーだろうが！　お前、どこをほっつき歩いてた⁉　あと一歩帰宅が遅ければ、お前は素っ裸で夜道を駆ける変質者だ！」

普通、一番に気にするのは、それではないと思うのだが……。

「す、すまん」

とりあえず反論の余地はないので、素直にうなずく。しかしルークの懸案事項が獣姿を目撃されることではなく、全裸で夜道をゆく変態行動であったことに、内心で首をひねる。

「ま、お互い、いい大人だ。ほんとは余計なことは、言いたかねーんだ。とはいえ、同居人が露出狂の変質者だなんて広まっちまったら、女にモテなくなっちまうからな！」

告げられたなんともルークらしい見解に苦笑が漏れた。

「シャワーを浴びてくる」

バスローブを羽織ると、俺は廊下の奥のバスルームに足を向けた。

「それからカーゴ！ いくら田舎とはいえ、どこに人の目があるかわからねえんだ、獣の姿であまりふらふら外に出るな」

すると廊下の途中で、ルークが俺の背中に向かい、思い出したように付け加えた。

それは本来なら、一番憂慮すべき事柄だった。

「ルーク、せっかく忠告をしてもらったのにすまないが、俺は次の雨降りも出かける。

行くと約束をしたんだ。もちろん人目には十分に注意を払うから心配はいらん。とにかく、そういうことだから俺の帰りは待たんでいい」

「ほー、そうか……って、おい⁉　行くってどこにだ⁉　いや、それよりも、獣化してる姿で誰となんの約束をしたってんだ⁉」

「今はまだ言いたくない。時期がきたら言う」

「は⁉　おい、待てよカーゴ！」

俺はルークの『待て』には取り合わず、バスルームの扉を閉めた。

本来なら、従者のルークには行き先を告げるべきだとわかっていた。だが、告げるわけにはいかなかった。俺がアイリーンに『ネコちゃん』と呼ばれていると知れば、奴がどんな反応をするか……。そんなことは火を見るよりもあきらかだった。

「やはり、ルークには言えん」

俺は脳裏に浮かんだルークの姿を、泡と一緒にシャワーで洗い流した。腹を抱えて笑い転げるルークは排水溝に消えた。

——カラン、カラン。

数組のお客様で賑わう店内に、新たなお客様が訪れた。お客様は、帽子を目深にかぶった大柄な男性だった。

「いらっしゃいませ」

帽子のつばに隠されてその表情はうかがえないが、なんだか落ち着かない様子だった。雰囲気から察するに、年齢は若そうだ。

「……」

男性は出迎えた私には答えず、探るように店内を見回していた。

カフェのお客様は圧倒的に女性が多い。この店も例にもれず、お客様の大部分が女性やカップルで、カーゴを除けば若い男性ひとりの来店はとても珍しかった。

私としては男性のお客様も大歓迎なのだが、やはり男性がひとりでカフェに足を運ぶのはハードルが高いのだろう。

「どうぞ、お好きな席にお掛けください。お冷とおしぼりをお持ちします」

私は男性の様子を、来店の気恥ずかしさからと考えて、あえて過剰な接遇を控えた。

男性は店内壁寄りの席を選んでそそくさと腰掛けた。

帽子で顔を隠し、キョロキョロと周囲をうかがう男性の挙動は、普通に考えれば不審だし、怪しい。

だけど私は気恥ずかしさを押して来店してくれたことを、むしろありがたいと感じていた。

「お待たせしました」

「……」

私がお冷とおしぼりを男性のテーブルに置くと、男性は無言のまま広げたメニューブックを指差した。

「ご注文はストロベリーパイとアイスクリームの盛り合わせと苺ミルクでよろしいですか？」

男性は、私が繰り返した注文にうなずくことで同意した。相当にシャイなのか、この後も男性が声を発することはなかった。

ただ、商品には満足がいったようで、男性はすごい勢いでストロベリーパイと苺ミルクを平らげていく。その姿に私の頬が緩んだ。

「一二〇〇エーンになります」

　会計の際、ふと、男性が広げる財布に目が留まった。

　……え⁉　この財布は！

「あの、お客様はもしかしてセント・ヴィンセント王立学園の卒業生ではありませんか？」

　気づけば、私は男性に向かって声をかけていた。

　この財布は、セント・ヴィンセント王立学園の一年次の修了記念に生徒らに配られる物だ。私は一年次修了の直前に退学し受け取れていないが、学園案内に載っていたデザイン性に優れたそれを見て、少しうらやましく思っていたのだ。

「っ！」

　ところが男性は私の声がけにひどく焦り、コイントレイに一二〇〇エーンを置くと逃げるように店を出ていった。

「あ、ありがとうございました。またのご来店、お待ちしております」

　男性の背中に慌てて声を張りながら、私は内心でとても後悔していた。久しぶりに見たセント・ヴィンセント王立学園の校章に、私はつい、懐かしさに突き動かされて問いかけてしまった。

だけど、男性は入店時から一貫して、話しかけられたくなさそうだった。お客様には気持ちよく店を後にしてほしい。懐かしいからといって安易に声をかけてしまったことが悔やまれた。

「……はぁ、まだまだだなぁ」

「なにが、まだまだなんだ？」

独り言に返事があったことにギョッとして顔を上げれば、カーゴがカウンター越しに私を見つめていた。

「っ！　カーゴいつからいたの⁉」

私はビクンッと体を跳ねさせた。

「今、座ったところだ。ずいぶん考えごとに集中していたみたいだが、なにかあったか？」

入店のドアベルにも気づかないなんて、私は仕事中にどれだけ気を抜いているんだ！

「ごめんねカーゴ！　すぐに『いつもの』を用意するわね」

「まぁ、いつものはもらうけどさ。それで、なにがあったんだ？」

「うん、実はね――」

私は厨房で盛りつけを進めながら、カーゴに昼間のお客様との一幕を話して聞かせた。

「なぁアイリーン、俺は君がその男性客に話しかけたことよりも、その客の素性が気にかかる」

「え？」

提供した『いつもの』を端から頬張りながら、カーゴは眉間に皺を寄せる。

「一年次の修了記念の品が財布になったのは俺たちの代からだ」

「そうなの⁉」

私はてっきり、以前からずっと財布なのかと思っていた。

「あぁ、学園案内に小さく注釈が載っていた。これまでの校章入りのハンカチから変更になったんだ。だからもし、その客が持っていたのがセント・ヴィンセント王立学園の財布なら、その客は俺たちと同学年ということになるぞ」

「でも、今は長期休暇じゃないわよ？　なんでまた、わざわざ学校を休んでこんなところにいるのかしら」

「……それは俺にもわからん」

カーゴは少し考えるようにして、大きめにカットしたパンケーキを頬張った。

「まぁ、マイベリー村は今が一番の観光シーズンだから、学園を休んでやって来たとしてもおかしくないわね」

「……果たしてそうだろうか」

私の見解に、カーゴは納得いかない様子で答え、皿に残ったストロベリーパイの最後のひと切れを味わうように噛みしめた。

「もし今後同様のことがあったら、すぐに俺に知らせてくれ。君にこれを渡しておく」

カーゴは懐から、なにかを取り出して、私に向かって差し出した。

「これはなに？」

それは、小型の機械のようだった。

「通信機だ。そこのブザーを押すと、俺の通信機にモールスで信号が届く。この村内ならば、問題なく通信可能だ。知らせを受けたらすぐに駆けつける。ほかにも、危ないことや困ったこと、なにかあればいつでも鳴らしてくれ」

「……」

私は言葉を失っていた。モールス通信は、実用化の研究が始まったばかりの最新鋭の技術だった。

「カーゴ、すごい物を持っているのね？」

いまだ研究段階のそれが民間に普及するには、あと数年の年月を要するとみられていた。そんな最新鋭の機械をなぜ、カーゴはあたり前に持っているのか。

「……まぁ、父の伝手でな」

カーゴは苦笑を浮かべ、言葉を濁した。

「そう、お父様の……」

これまで直接聞いたことはなかったが、カーゴの実家はかなりのお金持ちだろうと想像がついていた。だけどもしかすると、カーゴのお父様は単にお金持ちというだけでなく、相当に地位の高い人物なのかもしれない。

「とにかく、これは君が持っていてくれ。女性ひとりで店を切り盛りしているんだ、いつなにがあるとも限らん。なにもなければそれでいいんだ。これは一応の保険と思ってくれればいい」

私はカーゴから通信機を受け取った。

「ありがとう」

受け取った通信機は、手のひらにのるサイズで、エプロンのポケットにピッタリと収まった。

「カーゴ、もうこの後お客様は来ないと思うわ。よかったら残りのパイとシフォンケーキもいかが？」

「もらおう」

「待ってて、すぐに用意するわね」

マイベリー村の夜ははやい。客の引きも王都に比べて格段にはやく、閉店間際の来客はほとんどない。

結局この日も、カーゴの後にお客様は訪れなかった。

「カーゴ、お待たせ」

「ああ、帰るか」

私はカーゴと閉店までの時間を過ごし、いつも通り一緒にお店を後にした。

「すまないが明日は少し都合が悪い。店にはおそらく行けない」

家の前に差しかかり、別れ際にカーゴから告げられた。

「うん、わかった。そういえば、明日はお天気も崩れるみたいね。体調の方も、気をつけてね」

「ああ、それじゃあまた明日……いや、明後日に」

カーゴは『明日』と言い間違えたのを慌てて『明後日』と訂正すると、一本通りを入った先にあるルークと住むロッジへと足早に駆けていった。

翌日は、朝からあいにくの雨模様。

こうなると、客足はパタリと途絶える。今日はお客様の来店は見込めなそうだ。

——カラン、カラン。

前言は撤回で、雨でも訪ねてくれる奇特なお客様もあったようだ。私は慌てて厨房を出て、店内へと踏み出した。

「いらっしゃ、……っ‼」

ところが視界に扉を捉えた瞬間、踏み出した足が衝撃で止まる。

「ガウッ」

扉のフレームに体を詰まらせるようにして頭を出す、四メートルの巨大モフモフ——！

「プリンスッ！」

私は止まった足を再び動かして、扉に向かって駆けた。プリンスもまた、ボッフンと扉を抜けて、店内に身をすべらせる。

私がプリンスの首もと目がけて飛び込めば、プリンスは極上のモフモフの毛皮で私を受け止める。

「プリンスいらっしゃい！　この間は急にいなくなっちゃうから心配したのよ。また会えてうれしいわ！」

「ガウガウッ」

私がふわっふわの毛に頬ずりしながら言えば、プリンスは『俺もうれしい』とでも言うように、バッフバッフと尾っぽを振って機嫌よくいないないた。

「さぁプリンス、中へどうぞ。よかったらストロベリーパイはいかが？　正式にメニューに採用したこの間のシフォンケーキもあるのよ」

プリンスは器用に巨体をくねらせて、椅子やテーブルといった店内の備品をよけながら私の後に続く。そうして厨房の端っこに巨体を丸め、私が準備する様子を見つめていた。

準備の傍らでチラリと目線を向ければ、キラキラと輝く瞳にぶつかった。

……なんて綺麗なんだろう。美しいふたつのグリーンの宝石に、思わず目が釘づけになった。

しばらく透き通るグリーンの瞳を見つめていれば、ふと、カーゴの姿が脳裏をよぎった。

……ふふふ。モフモフのネコちゃんに、グリーンの瞳しか共通点がない青年の姿を重ねるなんておかしいわね。

そう思いなおしたけれど、不思議な既視感はなかなか消えることがなかった。

「はい、召し上がれ」

私はお利口さんに待つプリンスの前に、カーゴの『いつもの』と同じプレートを差し出した。

「ガゥウウッ！」

プレートを目にした瞬間、プリンスは目をまん丸にして、うれしそうに鳴いた。けれど、はち切れそうな勢いで尾っぽを振りながらも、なぜか待ての体勢を崩さない。

「プリンス？ 食べないの？」

私は待ての体勢のまま、へっへっと息を弾ませるプリンスの姿にピンときた。

「あ、もしかして私に食べさせてもらうのを待っている？」

プリンスはあきらかに、笑ってうなずいた、ように見えた。

……普通、ネコちゃんってこんなに意思疎通できるのかな？

一瞬疑問がよぎったが、バグにより、そもそものサイズからして規格外のプリンスを『普通』にあてはめることに意味はないように感じた。

「よし、私が食べさせてあげる！　はいプリンス、あ～ん！」

プリンスは前回同様、私の手のひらや指はもちろん、腕から顔から必要以上にペロペロと舐めながら完食した。

「う～ん。なにこのモフモフ天国。この幸せを知ってしまったら、もう引き返せない」

プリンスは食べ終わった後も、私を自分のモフモフの懐に抱き入れて、たまにペロペロと頬やら耳やらを舐め上げながら甘えてきた。

「ねぇプリンス、私もうプリンスがいないと駄目だよ」

私が夢心地にモフモフの毛皮に顔をうずめてつぶやけば、プリンスがピクンッと体を跳ねさせた。

おずおずと首を持ち上げると、プリンスは真摯なグリーンの双眸（そうぼう）で私を見下ろした。

「あなたの一生、私が責任を持って面倒見るわ。おいしいスイーツもいくらだって食べさせてあげる。だからずっと私と一緒にいてね？」

私が口にした瞬間、プリンスの真っ白な体毛がブワワッと立ち上がり、モフモフ度が数倍に増す。同時にモフモフの毛の奥が、カッカと熱を帯びて火照（ほて）る。

「ガウガウ、ガウゥゥッッ！」

えっ？と思ったときには、私はプリンスに万力のような力で締め上げられていた。

プリンスは必死になにかを訴えるようにいななきながら、モフモフの万力で私を圧死に追い込む。

……あぁ、意識が遠のく。だけど天国のようなモフモフに埋もれて死ねるなら、これがある意味、本当の天国なのでは……？

しかしプリンスは間一髪のところで私の窮状に気づいたようで、なにかに弾かれたように、ギュウギュウと締め上げていた前足を解いた。

「っ！　はぁあっ、……はあっ」

私が必死で呼吸を整える傍らで、プリンスは耳を垂らし、蒼白な表情で体を震わせていた。

うっ！　正直、ペタンと丸耳を垂らし、しょんぼりと体を縮めてこちらをうかがう巨大モフモフは、垂ぜんもののかわいらしさだ。

プリンスのかわいらしさを前にしては、たとえ三途の川に片足を突っ込みかけようが、怒りなど湧く隙もない。

「……はぁっ。もうプリンスってば、めっ」

なんとか呼吸を落ち着けて私が発した第一声に、プリンスは落っこちそうなくらい目を見開いた。そうしてプリンスはゆっくりと前足を伸ばすと、遠慮がちにぷにぷにの肉球で私の頬をなでた。

「ガウ」

なにこの、肉球ぺちぺち……！　私、鼻血が出そう……。

プリンスの『ごめんね』に、頬の緩みは止まらない。

「ふふふ、わかってるよプリンス。私、プリンスが大好きよ！」

私がギューッと抱きつけば、プリンスは慎重すぎるくらい慎重に私を受け止めた。

プリンスは、初めは遠慮がちにしていたけれど、私がかまわずにひと際やわらかなお腹をモフモフとなでくり回していれば、辛抱たまらないといった様子でペロリと舌を伸ばしてきた。

「きゃーっ、プリンスくすぐったいよ」

それを合図にプリンスの遠慮は消えて、私たちは再び、体当たりでたわむれた。

そうして心ゆくまでモフり倒したところで、私はふと、窓の外が明るくなっているのに気づいた。

「……あ、少し雨足が弱くなってきたみたい」

見れば、雨雲を割って太陽が差し込み始めていた。

「これなら、これからお客様が来るかもしれないわね」

私がつぶやけば、もつれ合うようにして伏せていたプリンスが、突然ガバッと立ち上がった。

「え？」

プリンスはジッと私の目を見つめ、必死になにかを訴える。

「なに、プリンス？　いやだ、もしかしてまた行っちゃうの⁉」

プリンスが行こうとしていることに気づき、私はふるふると首を振る。私を見つめるプリンスの瞳には苦渋が滲んでいた。

「ガウーンッ」

プリンスは切なくひと声いななくと、私の視線を振り切るように背中を向けて、一直線に扉に向かう。そして取手に前足をかけて器用に引くと、できた隙間に鼻先をすべり込ませて、そのまま外に駆けていった。

その間、わずか二、三秒の出来事だ。

……やっぱり、プリンスってネコちゃんにしては器用すぎやしない？　これは、前回の別れ際にも思ったことだ。

プリンスが行ってしまった寂しさもさることながら、再び目撃した驚きの光景を前に、私はひとり唸っていた。

雨はその後、いくらもしないうちにやんだ。

──カラン、カラン。

「いらっしゃいませ」

「いやぁ、やっと雨がやんだから出てきたよ。苺ミルクをお願いね」

「はい！」

雨上がりの店内は、多くのお客様で賑わいを見せた。

私は忙しく、続々と来店するお客様の応対に追われた。

……あれ？　そういえばプリンスって、いつも雨降りにやって来るよね？　接客の傍らで、ふと、脳裏をよぎった。

……ずっと、雨が苦手だった。

だけど、こんなに素敵な出会いが待っているのなら雨降りも悪くない。

「アイリーンさん、ストロベリーパイの追加をお願いね」

「あ、はーい。ただいまお持ちします」

私は慌ただしく厨房に向かいながら、意識を新たにしていた。

私がお店を引き継いで、二週間が経った。ここまで大きなトラブルもなく、営業はとても順調だった。

そう、今この瞬間までは……。

「そんな⁉」

私は受け取った木箱を抱え、驚きに声をあげていた。

店では毎日、マルゴーさんの農園から一番品質のいいAランクの苺二箱の納品を受けている。だけど今朝、彼から手渡されたのは一箱だけだ。

「今日は一箱だけで、明日からは納品自体ができないって……それでは、うちは営業ができなくなってしまいます」

しかもマルゴーさんは、あろうことか明日からの納品ができないと言う。

「そう言われても、こっちも都合ってものがある。そもそもシーラさんは当初、今シーズンは卸さなくていいと言っていたんだ。それをどうしてもってことで回していたけれど、やはり限界なんだよ」

マルゴーさんは視線を床に落としたまま、早口で告げる。その姿には、あきらかにいつもの余裕がなかった。

私は内心の動揺を抑えて、ゆっくりと尋ねた。

「けれどあなたは、私とシーラさんが営業再開に際して納品のお願いに行ったときは、今年は高品質の苺の生育が順調だから、Aランクの生産にも少し余裕があるとおっしゃっていました。そして、その市場に回す予定でいた分をシーラさんに納品すると、そう約束してくださったじゃないですか？」

突きつけられた納品中止とマルゴーさんの不可解な態度、私は二重に戸惑いを覚えていた。

「……たしかにあの時は、そう言ったよ。だが、あの時に予想していたよりも収穫量が少なくて、やはり納品が難しいんだ」

……収穫予想は、開花後の受粉状況と結実の様子を見てなされる。

天候不良や病気の発生など、不作に転じる原因がないのに、当初の収穫予想を大きくはずすというのは、熟練の農家にあってまずあり得ない。

なのに、どうしてマルゴーさんは、急にそんなことを言い出したのか……？

胸に湧き上がる違和感を尋ねようと、口を開いた。

「ですが——」

「悪いけど、ランク品は無理だ。あるいは、規格外品なら回すことはできるけど」

私の言葉は、マルゴーさんによってピシャリと遮られた。しかも彼の口から続きに語られたのは、到底了承できる内容ではなかった。

規格外品は、ジャムやピューレに使う加工用苺のこと。それでは、ケーキやパイを飾る主役にはなり得ない。

「苺はスイーツの顔になる主役です。苺のランクは妥協できません」

……たしかに、直前になって勝手を言った自覚はあった。一度はいらないと言ったものを、収穫期に入ってから、やはり欲しいと頼み込んだのはこちらだ。

けれどマルゴーさんの手のひらを返したような対応に、私のショックは大きかった。

「そうか。それじゃ悪いけど、うちとの付き合いはこれっきりにしてくれ」

取りつく島もないマルゴーさんの回答に、キュッと唇を噛みしめた。

同時に、胸の中で違和感も大きく育つ。シーラさんとこれまで長年良好な関係を築いてきたマルゴーさんが、ランクに妥協できないと言った私のひと言で、付き合いをやめるという話になってしまうなんて、極端すぎる。

「……マルゴーさん、もしかすると、これにはなにか事情がおありなのかもしれません。けれどこちらも、納品停止は店の営業に関わる一大事です。シーラさんから、マルゴーさんの農園とはもう、何十年も取引させていただいていると聞いています。無理を承知で、なんとかこれまで通り融通していただくわけにはいきませんか？」

理不尽に対する憤りはもちろんあった。だけど私は怒りをあらわにするよりも、一縷の望みを懸けて頭を下げて乞うた。

「そうしてもし、あなたがなにがしかの困難に直面しているのなら、及ばずながら力にならせてもらいたいと思っています」

「アイリーンさん……っ、無理なものは無理だ！　次の納品もあるから、もう行かせてもらいます！」

マルゴーさんは泣きそうに顔をゆがめて答えると、逃げるように店を後にした。

マルゴーさんが帰った後、私は木箱を抱えたまま呆然と立ち尽くした。平たい木箱の中には、苺が傷まぬようひと粒ひと粒スポンジで包まれて並んでいた。

……どうしよう。私はどうしたらいい？

――カラン、カラン。

「おはよう、アイリーン」

「シーラさん！」

私が物思いにふけっていれば、シーラさんが店にやって来た。

「なにか困りごと？　あなた、ずいぶんと難しい顔をしているわ」

シーラさんは私の顔を見ると、一番にそう問いかけた。そうして、おもむろに私の持つ木箱へと視線を移す。

「あら？　苺が一箱だけ？」

シーラさんの顔を見たら、私は一気に力が抜けてしまった。

「シーラさん……っ」

「あらあら、どうしたの？」

その場にへなへなとくずおれる私に、シーラさんは慌てた様子で呼びかけた。

「しっかりして。まずはここに腰掛けて、なにがあったのか教えてちょうだい」

「実はさっき、マルゴーさんがやって来て――」

シーラさんに促されて腰を下ろすと、私はかいつまんで先ほどのマルゴーさんとのやり取りを説明した。シーラさんはとくに動揺した様子も見せず、私の話に静かに耳を傾けていた。

「よくわかったわ。ひとまず今日の営業は、ある分だけでこなしましょう。一番人気のストロベリーパイははずせないから、それとワッフル、あとは各種ドリンクとアイスクリーム、シャーベットだけに絞って提供しましょう」

「は、はい！」

すべて聞き終えたシーラさんは、私に的確な助言を残し、スッと席を立ち上がった。

「私はこれからジェームズのところに行ってくるわね」

「え？　ジェームズさんのところですか？」

「ジェームズの農園で、都合がつかないか聞いてみるわ。Aランクは難しくても、ジェームズなら、Bランクの苺の都合をつけてくれると思うわ。Bランクは粒こそ小さくなるけれど味は落ちないから」

言うがはやいか、シーラさんは扉に向かっていってしまう。

「シーラさん！　足が悪いのに無理をしちゃ――」

慌てて制止の声をかけると、シーラさんが私を振り返って答えた。

「大丈夫よ。ジェームズの農園なら、すぐそこから乗り合いの馬車が出ているから歩かずに済むわ」

……たしかに、ジェームズさんの農園には、店のすぐ近くから出る乗り合いの馬車で行ける。しかも、もうじき朝一番の馬車が出るところだ。

「ところで、オーブンから香ばしい香りがしているわよ。トッピング用のクッキーが焼き上がったんじゃない？」

「わっ、大変！　焦げちゃう！」

私は慌てて厨房に駆け戻った。

「ふふふ。とにかく今後のことはあまり心配しないで、今日の営業をお願いね。いってくるわ」

「いってらっしゃい！　気をつけてください」

不測の事態にも動揺を見せず、颯爽と行動するシーラさん。その背中を見ていると、なんだかひとりであくせくしている自分が馬鹿馬鹿しく思えてきた。

……私もしっかりしなくっちゃ！　まずは、ある分の苺で今日の営業をやりきることを考えよう！

私は気持ちも新たに、開店準備に取りかかった。

――カラン、カラン。

「いつものを頼む」

カーゴは今日も閉店の一時間前にやって来て、入店と同時にいつも通りのオーダーをした。

「ごめんなさい。今日は事情があって、もうストロベリーパイしか残っていないの」

これまでにも、商品の完売で『いつもの』盛り合わせが数品欠けることはあった。

だけど、こんなふうにストロベリーパイしか残っていないというのは初めてのことだった。

「へぇ？　それはまた、ずいぶんと盛況だったんだな。今日はなにかイベントでもあったか？」

カーゴはいつものカウンター席に腰を下ろしながら、首をかしげていた。

「うーん、それだったら言うことないんだけど……」

「どういう意味だ？」

苦笑して言葉を濁せば、カーゴはスッと表情を引きしめて私を見上げた。

「実は、苺の納品が滞っちゃって――」

私はマルゴーさんとの午前中の一幕をカーゴに説明した。

この店の営業再開に一緒になって尽力してくれたカーゴは、直前になってマルゴーさんに納品を頼み込んだ事情もしっかりと把握していた。

「……だが、それは少しおかしい。Aランクの生産量が限られているのはわかるが、だからこそその納品先も収穫前の段階でしっかりと管理されているんだ。もともとこの店の分は確保されているはずなのに、いきなり卸せなくなったというのは、絶対になにか裏がある。このケースなら、不当な買い占めなどもあり得るぞ」

……商品の買い占め。

うちよりも好条件で、本来うちに回るはずの苺を買い占める。この可能性は私も考えていたが、だからといって、これ以上マルゴーさんを糾弾してみたところで、取引の停止は覆らないだろう。

「たとえそうだとしても、取引停止を言い渡された以上、もうやりようが……」

――カラン、カラン。

その時、店内に来訪を知らせるベルが鳴る。

「アイリーン、今しがたジェームズが来てくれたの。それで、詳しいことがわかったわ」

「シーラさん！」

扉から現れたのはシーラさんで、シーラさんが店を訪れるのは、朝から数えてこれが三回目だった。

朝一番でジェームズさんのところを訪ねたシーラさんは、昼前には戻ってきて、明日以降ジェームズさんの農園からBランクの苺が納品されると私に報告をしてくれた。

その際、ジェームズさんが今回の一件について調べてくれていると語っていたのだが、どうやら早々に進展があったようだ。

「その話、俺にも詳しく聞かせてくれ」

カーゴは高さのあるカウンター席を立つと、近くのテーブル席の椅子を引く。そこにシーラさんを座らせると、自分もその隣の席に腰を下ろした。

私も慌ててふたりの向かいに腰を下ろした。

「カーゴも事情を知っているなら話がはやいわ。端的に言うと、今回の一件は、王都の有力貴族によるマイベリー村産苺の買い占めが原因みたい。主だった農園に、交渉人と名乗る人物がやって来ているわ」

やはり、苺の買い占め……！

「どうやってこの村の苺の味を知ったのかはわからないけれど、ここの村の苺の商品価値に目をつけたようなの。好条件を提示して、できるだけ高ランクの苺を買おうと躍起になっているそうよ。マルゴーさんの農園はとくに高ランクの苺栽培に注力しているから、自ずとその貴族との関係も密になっているみたい」

「それじゃ、地場産の料理を謳った（うた）コイキ食堂さんや、マイベリー村銘菓のストロベリーチョコレートを製造販売するいちご本舗さんだって、困っているんじゃ……」

Aランクの苺にこだわって営業しているお店は多い。

王都にマイベリー村の苺が多く流通することは、喜ばしいことではあるが、そのためにマイベリー村の苺産業が衰退してしまっては元も子もない。だけど、見方を変えれば、これも自由な商業活動のひとつと言えるのか……。

向かいのカーゴも同じ葛藤に悩んでいるのか、その表情は硬かった。

「それがね、コイキ食堂さんといちご本舗さんもマルゴーさんの農園からAランクの苺を仕入れているけれど、完全な納品停止を言い渡されたのはうちだけみたいなの。それだけは救いと言えるかしら。まぁ、これをよかったと言っていいのかは微妙だけれど、私としても、共倒れになってしまうのは本意じゃないから」

「やっぱり、直前になって無理を言って頼み込んだから、うちは真っ先に納品を切られてしまったんですね」

「そこなのよね……。もともとマルゴーさんって、とても義理堅い性格なの。普通に考えれば、直前の交渉だったからと言って、一度した納品の約束をいきなり反故にするなんてことはないはずなのよ」

「……はい。それについては、私も同じ思いです」

マルゴーさんの義理堅さや温和で優しい人柄は、これまでの納品時や、先の苺ミルクの一件で、私も重々知るところだった。

「悩ましいわね。でも、マルゴーさんのところが結構な額の借金を抱えているのも事実なのよね。マルゴーさんが高ランクの苺を多く卸せているのは、それだけ育成コストもかけているということよ。ハウスも最新鋭の設備を入れて、暖房を多く使って室温管理を徹底している」

「ならばやはり、コストの回収のために好条件の申し出を受けて、うちに卸す分の苺を回してしまったんでしょうか」

「どうかしらね……。うちは今シーズンこそ直前の依頼になってしまったけれど、マルゴーさんとのお付き合いは、コイキ食堂さんやいちご本舗さんよりもずっと長いの。マルゴーさんのお父様の代から、商売の枠を越えて家族ぐるみで交流させていただいたりもして。私には、マルゴーさんが自身の利益だけ目的にしてうちとの取引を撤回してしまうとは、どうしても思えないのよね」

　シーラさんはどことなく腑に落ちない様子で、悩ましげに語った。

「……この店だけが納品を切られた理由はわからないが、もしかしたら金銭面以外になにかあるかもしれないな。なにかほかに、足もとを見られたのかもしれない」

　ここで、これまで私たちの会話に静かに耳を傾けていたカーゴが声をあげた。

「え？」

　私とシーラさんはそろってカーゴに視線を向けた。

「おそらく、マルゴーという人物がAランクの納品に好条件をチラつかされたのは間違いないだろう。だが、それを受けるに至ったのは、金銭以上のなにかがあるのかもしれん」

「金銭以上のなにかって？」

「いや、それがわかれば苦労はない」

カーゴの見解を聞いたシーラさんは、ぴたりと口を閉ざし、なにか考え込んでいるようだった。

「あの、シーラさん？　どうかしましたか？」

「……王都の有力貴族なら、多方面に顔が利くわよね？」

「ああ。程度にもよるが、高位貴族ともなれば、王家とのパイプはもちろん、あらゆる方面に顔は広い」

シーラさんの問いには、カーゴが答えた。

「今回の一件とつながってくるかはわからないけど、マルゴーさんのところには長く気管支を患っている娘さんがいたはずよ」

「あ！　カエラちゃんですよね!?　たしかに彼女自身も、ゼーゼーという表現をしていました！」

「……なるほど。昨今、貴族たちの間では、各所への研究開発投資が一種のステイタスになっている。当然医療分野にも投資などで通じている者は多い。その者らなら、新薬等の優先入手も容易だ」

おそらくマルゴーさんは、新薬の提供を引き合いに出され、カエラちゃんのために断れなかったのだ。

「そういう理由なら、うちへの納品の件はもういいわ。娘さんの健康には変えられないもの」

シーラさんは生真面目な表情でさらに言葉を続ける。

「だけど、ジェームズも言っていたわ。王都からの大口の納品希望は一見チャンスに見えるけれど、慎重にならないと身を切ることになるって。実は以前に、隣村が同じような状況になったことがあるの。村の特産品が一時的に王都で高需要になって、村中の農家が王都への供給に注力した。だけどブームはわずか二年ほどで下火になって、取引中止を言い渡されてしまったそうよ。結局、増産のコストは回収できず、村内で売ろうにも、体力のない村の小さな販売店は一年の間にほとんどが店をたたんでしまった。ちなみにその隣村は、近くの町に吸収合併されて今はもうないわ」

耳の痛い話だった。ブームにのっかっている間はいい。だけどブームが下火になれば、これまで甘言をささやいていた商人らは手のひらを返したように冷たくなって、また別のブームを探しだす。

そうしてブームが去った後、取り残された地方の産地は悲惨だ。

「そういえば、ジェームズさんの農園は、そこの買い取り交渉には応じなかったんですか？」

ふと、思い至って聞いてみた。

「ジェームズは今ある村の取引先を大事にするそうよ。それに、うちにも苺を卸すことになって、もうほかに卸すゆとりはないそうよ」

シーラさんはここでフッと仰ぐように宙を見た。

「ジェームズってね、昔からよくも悪くも野心がないのよ。今ある現状をよしとして、彼は変化を望まない……」

私には、シーラさんのこの言葉の真意は、今回の一件とは別のところにあるような、そんな気がした。

「どちらにせよ、村の状況は苺農業組合に任せましょう。そうして私たちは、この店の営業のことを考えましょう。明日以降はジェームズのところの苺で賄えるけれど、苺のランクを落とす分は、きちんと値段に反映させた方がいいわ。一品あたり、五〇エーンから一〇〇エーン程度の値下げを一緒に検討しましょう」

「はい！」

シーラさんの言葉を受けて、私は早速各テーブルからメニューブックを集めだした。そうしてシーラさんとふたり、ああでもないこうでもないと協議して、値下げ幅を決めていった。

その間、カーゴはカウンター席に戻り、物言わぬままひとり静かに考え込んでいた。


苺をジェームズさんの農園の物に切り替えて一週間が経った。苺の粒こそ小ぶりになったけれど、味や見栄えにさしたる影響はなく、お客様の評価も上々。当初の心配をよそに、営業はとても順調だった。

店は今日も、朝から多くのお客様が訪れて繁忙した。チラリと壁掛け時計に目線を向ければ、閉店まであと一時間半。

マイベリー村では、夜のお客様はほとんどいない。しかも夜半からと思われた雨が少しはやめにきそうで、窓の外はすでに曇天に変わっていた。

セント・ヴィンセント王国の西端、カダール皇国にもほど近いマイベリー村は、王都よりも天気が移ろいやすく、雨が多い。ただし、雨は降っても一時的な物がほとんどで、長雨というのはあまりなかった。

……今日はカーゴも来られないって言ってたし、もうお客様は来ないかもしれないわね。

――カラン、カラン。

まさにそんなタイミングで、店内にお客様の来店を告げるベルが鳴り響いた。

「いらっしゃいませ。……あ、お客様またいらしてくださったんですね！」

厨房から顔を出し、男性客がセント・ヴィンセント王立学園の元同級生と知り、私は相好（そうごう）を崩した。前回のまずい応対がずっと気になっていたから、再び来てくれて、うれしさもひとしおだ。

「もう雨が降りだしていたんですね。よかったら、これを使ってください」

私は男性の帽子と肩が薄っすら濡れているのに気づき、慌てて棚から乾いたタオルを手に取って差し出した。

「……」

無言のままタオルを受け取ると、男性は前回と同じ、店内壁寄りのテーブル席に足を向けた。帽子を目深にかぶり、うつむき加減のその表情は、今日もうかがうことはできなかった。

「お待たせいたしました」

男性の前にお冷とおしぼりを置く。

男性はメニューブックを広げておらず、注文するそぶりもなかった。

「また、ご注文がお決まりの頃にまいります」

私はまだ注文が決まっていないのだろうと判断し、いったん男性の席を離れた。

「……お前、なんで営業できているんだよ？」

厨房に向かって数歩進んだところで、うしろから地を這うみたいな声がかけられた。

え？　……この声!?

私はこの声に、聞き覚えがあった。

エメラルドの髪飾りを私のコントラバスのケースから発見し、激しく糾弾したのが
この声だった――！

「あなた、エヴァンね!?」

エヴァンは『桃色ワンダーランド』における攻略対象のひとりで、三白眼が特徴の
厳つい系マッチョキャラだ。

「ああ、そうさ！　苺の納品が停止されたはずなのに、なぜ、営業ができている？

おかげで俺は、大恥をかいた！」

私が弾かれたように振り返れば、エヴァンは立ち上がり、かぶっていた帽子を乱暴に取り去った。エヴァンはギラギラとした危うい目つきで私を睨めつけた。

「俺はリリアーナに、お前の店を営業休止に追い込んだと告げた。リリアーナはとても喜んで、俺を取り巻きからボーイフレンドに格上げすると約束してくれた。俺は歓喜したさ！　なのにどうしてお前はまだ営業している⁉　ほかの取り巻きからその報告を受けたとき、俺がどんな思いだったかお前にわかるか⁉　リリアーナが俺に向けた、侮蔑のこもった目がどんなにこたえたか、お前にはわからないだろう⁉」

……そんなのは、わかるわけがない。

だって、それは完全に逆恨みだ。しかもエヴァンの訴えは、ほかにも突っ込みどころが満載だった。

けれど一番の問題は、当のエヴァンが私への憎しみを募らせて我を失いかけているこの状況だ。エヴァンは悪鬼のごとくゆがんだ顔をして、怒りに全身を震わせていた。

「エヴァン、聞いて？　まず、この状況を冷静に考えてちょうだい。リリアーナのために、今回あなたは相当に尽力したようね。だけど、聞かせてもらうとリリアーナはいっさい身を痛めず、あなたばかりが危険な橋を渡っているわ」

「なんだと⁉」

この状況で選択を間違えば、すっかり怒りに支配されたエヴァンになにをされるか、わからない。私は慎重に言葉を選びながら、なんとか説得を試みた。

「リリアーナはあなたのことを、ていよく利用して――」

「黙れっ！　リリアーナのことを悪く言うな‼」

っ！　私の馬鹿っ！　私の試みた説得は、逆にエヴァンを激昂させる結果となった。

エヴァンは私の言葉を遮って叫び、私に向かって一直線に飛びかかった。

私は身を翻し、咄嗟にポケットの中の通信機のブザーを押す。そのまま逃げようとしたけれど、ひと足はやく飛びかかってきたエヴァンに床に押し倒された。

「キャァアッッ‼」

「お前になにがわかる⁉　すべてお前のせいだ！　お前のせいで俺は取り巻きに逆戻りだっっ」

エヴァンは私に馬乗りになると、般若の形相でわめき散らしながら、高く拳を振り上げた。

っ！　私は歯を食いしばり、まぶたをつむって衝撃に備えた。

その瞬間、なにが起こったのか視界を塞いでいた私には、わからなかった。

だけど耳が、『バッターン』やら『ガッシャーンッ』やら、大きく響く衝突音を拾っていた。やがて周囲は、シンッと静まった。

その直後、静寂を割って、私に向かって駆け寄ってくる足音がした。それは聞き慣れた、肉球と床が接触して立てる音――！　私は睫毛を震わせて、ゆっくりとまぶたを開いた。

目を開けると、私を見下ろすグリーンの双眸とぶつかった。グリーンの瞳が、痛ましげに私を見つめていた。

「……プリンス」

私の声はかすれていた。プリンスは労わるように、やわらかな体を私に寄せて、ペロペロと頬を舐めた。

「助けてくれてありがとう。私は大丈夫だよ」

私もプリンスのやわらかな毛並みをなでる。

プリンスはまるで私の無事を確かめようとでもするみたいに、頬や首もと、全身に鼻先をスリスリと寄せた。私はしばらくプリンスのするに任せ、最後にやわらかな毛並みをひとなでして体を起こした。

店内を見渡せば、エヴァンは対角の壁にまで吹き飛ばされていた。壁に背中を預けてガタガタと体を震わせていたが、幸いなことに目立った外傷はないようだった。

それを見て、安堵にホッと息をついた。

「それから、エヴァンのこともありがとう。ちゃんと手加減、してくれたんだね」

私はエヴァンから隣のプリンスに目線を戻し、お礼を伝えた。プリンスが手加減をしてくれたからこそ、こうしてエヴァンは無事でいられたのだ。

「……ガウ」

プリンスは不承不承といった様子で小さくいなないた。

私は再びエヴァンに向きなおると、ゆっくりと歩み寄った。

「あなたにも言い分はいろいろあると思う。だけど、私に馬乗りになって手を上げようとした時点で、あなたは私に対してなにを言う権利も失った。わかる？　私が出るところに出れば、あなたは暴行罪で有罪になる」

エヴァンは大きな背中を丸め、うつむいたまま答えなかった。

「ねぇエヴァン、私はね、お店の入り口に再びやって来たあなたを見て、ここのスイーツを気に入ってくれたんだと思ってうれしかった。結局、あなたはスイーツを食べに来てくれたんじゃなかったけど、よくよく考えてみると、やっぱり喜んでいいのかなとも思ってる」

「え……？」

続く私の言葉がよほど意外だったのか、エヴァンは緩慢に顔を上げた。

……あ、ほっぺたに肉球の痕。どうやらエヴァンはプリンスから肉球パンチを受けたようで、両頬に肉球の痕をつけていた。

「あなたが、この村の苺を気に入ってくれたには違いないのかなって。だって、この村の苺を気に入らなければ、買い上げて王都で売ろうって発想にはならないよね？まぁ、そのやり方や根本にある動機はあれなんだけど」

エヴァンは私をジッと見つめていた。その目からはもう、怒りの影は感じなかった。

すると、エヴァンが突然、クシャリと顔をゆがめた。

「俺はやっぱりお前が嫌いだ。お前はいつだって正しいさ。そんなのは、わかってる。だけど普通は、保身や打算が働いて、正しいばかりには振る舞えない」

「……えっと。それは、どういう意味？」

「……髪飾りの紛失騒ぎで、リリアーナが俺に『音楽室で保管している楽器が怪しいような気がする』と耳打ちしたとき、唐突な発言に違和感を覚えた。けれど俺は、それに気づかないふりをして、音楽室に向かった。結果は知っての通り、お前のコントラバスのケースから髪飾りは見つかった。この時も、俺はリリアーナの信用を失うことを恐れ、浮かんだ違和感に蓋をした。……情けないと思うだろう？　だが、凡人なんて、そんなものだ。俺は凡人の代表だからな、到底お前みたいには動けない。だからこそ、俺はお前の存在が鼻につく。リリアーナも、彼女の取り巻き連中も、きっと皆、気持ちは同じだろう」

予期せぬ回答に、私はどう答えればいいのか考えあぐねていた。

エヴァンは『桃色ワンダーランド』の攻略対象で、彼の行動は天王寺桃子のシナリオによって定められている。そんな中で、彼にも心の葛藤はあったのだ……。

そうして先の発言に鑑みるに、今回の買い占めを別にすれば、彼は学園内で行われたリリアーナの悪事には、加担をしていないようだ。

固まる私を見て、エヴァンは憑き物が取れたみたいにフッと表情を緩ませて、ゆっくりと口を開いた。

「退学後、お前は実家に戻らなかった。修道院にでも身を寄せたに違いないと、リリアーナはうれしそうだった。だが俺はどうにも腑に落ちず、探偵を雇って探らせてみた。そうすれば、お前はまさかマイベリー村のカフェで店主をしているという」

「……え、私の行方をわざわざ探偵を雇って探らせるってどんだけ？

「俺は取る物も取りあえず飛んできたさ。そうしたら村で、予想外の収穫があった。この店でひと口食べてすぐに、この村の苺は王都での販売が見込める有益な商品だと確信した。試しに、父上が展開する外商で顧客に販売したところ、大反響があった。お前の店に納品していたマルゴーには、娘への新薬提供を条件にお前の店との取引を中止させた。お前は営業ができなくなって、ついでに俺はAランクの苺の確保もできて、これで一石二鳥だと思った。……ぬか喜びだったけどな」

この時、私はエヴァンが語った『凡人』という先の台詞にものすごく違和感を覚えていた。

だって、この村の苺の商品価値をひと目で見抜き、いくら既存の販路があるとはいえ、一両日中に流通させて実際に人気を博す。これが果たして、凡人の所業と言えるだろうか？

「エ――」

「甘えるな」

私が口を開きかけたその時、ピシャリとした叱責が店内に響き渡った。

声の方を振り向けば、カーゴが店の長窓を背に、仁王立ちで立っていた。

「カーゴ⁉」

嘘、カーゴはいつからいたの⁉

もちろん、私の通信を聞いて駆けつけてくれたのは間違いない。けれど、扉のベルは鳴っていなかったはずで……。

……いや、それよりなにより、どうしてカーゴはバスローブ姿⁉

「え⁉　ルークも……⁉」

しかも薄く開いた長窓の外には、なぜか不自然に肩を揺らすルークの姿が見える。

……あの肩の揺らし方は、間違いない。あれは十中八九、笑いをこらえている！

困惑する私をよそに、バスローブ姿のカーゴは一歩、また一歩と私とエヴァンのもとへと歩み寄る。

「この場でお前がまずすべきは、アイリーンへの謝罪だろうが！」

カーゴの叱責に、エヴァンはハッとしたように目を見張った。カーゴはそのままエヴァンの前に進み出ると、乱暴に襟首を掴み上げた。

「お前はそんなことも、わからんのか⁉」

「っ、わ、わかっている。でも、そんなふうに君が襟首を掴んでいたんじゃ謝罪もできない」

エヴァンはカーゴにすごまれて、引きつった声をあげた。

「フンッ」

カーゴはエヴァンをひと睨みすると、放るようにして解放した。

「ア、アイリーン、すまなかった。信じてもらえないかもしれないが、本当はこんな野蛮な真似をするつもりなんてなかったんだ。だけど、ニコニコと店を切り盛りしてるお前の姿を見たら、頭が真っ白になってしまって……。本当に申し訳ありませんでした！」

エヴァンはふらつく足取りで私の前に来ると、頭が膝につきそうなくらい体を折って、深々と謝罪した。

「……信じるよ。あなたの謝罪を受け入れる。だからもう、頭を上げて」

私にはエヴァンの謝罪がその場しのぎの言い逃れとは思えなかった。なにより、来店した彼がすぐに犯行に及ばずに、いったんテーブルに着いたのは、客として振る舞おうという思いの表れだったのではないだろうか。

顔を上げたエヴァンの目には、薄く涙の膜が浮かんでいた。

慌ててポケットからハンカチを取り出そうとしたら、横からカーゴの手が伸びてきて、私の手を止めた。驚いて見上げれば、カーゴは『不要だ』と言わんばかりに、首を横に振った。

「謝罪したからといって、すべてが無になると思ったら大間違いだ。後悔するくらいなら、最初からしなければいいだけのこと。アイリーン、これ以上こいつを甘やかす必要などない」

カーゴは取りつく島なく、厳しい声音で言い放つ。

「そもそも、お前は今回の行動に伴う責任をきちんと考えたか？　お前がアイリーンを殴り、怪我を負わせていたらどうなっていた？　暴力沙汰は貴族社会が最も嫌う。お前は学園を退学になるばかりか、親父さんの家業も継げなくなっていただろう。そんなこともわからんのなら、留置場で頭を冷やした方がいい」

エヴァンは唇を真一文字に引き結び、硬い表情でカーゴの言葉を聞いていた。

「ってかカーゴよ、そこまで頭が回っていたら、そもそもアイリーンに殴りかかってねえから。こいつ自身が言ってたろ？　頭が真っ白になって、突発的にやっちまったってな」

ここでなぜか、これまでずっと事のなりゆきをニマニマと見物していたルークからフォローが入った。しかもルークのフォローは、なかなかに的を射ている。

「いや、カーゴの言う甘え、それがすべてだ。想像力が足りずに俺はずいぶんと馬鹿な真似をした」

ルークのフォローにエヴァンは緩く首を振り、力なく答えた。

「ならばエヴァン、かつて同級のよしみで俺からひとつ助言をさせてくれ。もし、お前が真にリリアーナを望むなら、リリアーナを惚れさせるだけの男になればいい。言いなりになって機嫌を取っているだけでは、いつまでも取り巻きを脱却できんぞ」

カーゴはエヴァンの肩をトンッと叩いて告げた。

「……せっかくだが、その助言には端から無理がある。俺はカーゴやルークとは違って、目つきや人相だって悪い。俺と目が合っただけで失神する女子生徒まで出る始末なんだ。俺なんかがリリアーナを惚れさせるなんて、できるわけないじゃないか」

エヴァンは緩慢に顔を上げると、カーゴの助言に苦く反論をした。耳にしたカーゴは、困惑した様子で押し黙った。

それもそのはず、三白眼で強面のエヴァンはなかなかのイケメンだし、体格も長身のマッチョと、とても恵まれている。『桃色ワンダーランド』においても、女性プレイヤーから圧倒的な人気を誇っていた。その女子生徒の失神も、十中八九その鋭い眼光に胸を打ち抜かれたゆえのことなのだ。

だけど、ゲーム内でもそうだった……そう、残念ながら、エヴァンの自己評価は低いのだ。

「ねぇエヴァン、あなたはもっと自分に自信を持っていいわ。だって、あなたは男性として魅力的だもの。ちなみにね、女子生徒たちもちゃんと、わかっているわよ」

「え？」

エヴァンはキョトンとした様子で私を見上げた。

私は必死になって、『エヴァン推し』のプレイヤーが熱く語っていたイベントを思い出しながら続ける。

「課外学習のとき、あなたは急な階段を上れずに困っていた老爺を負ぶって運んだでしょう？　あなたの優しさに、陰ながら女子生徒は沸き立ったわ。それから強風で学園のグラウンドが汚れてしまったときも、いちはやく気づいたあなたはひとりで整備をし始めた。あなたの奉仕精神に、女子生徒は唸ったわよ。あなたのぶっきらぼうな態度の奥にある優しい心に、みんなちゃんと気づいている。だからもっと自信を持って？」

私の励ましに、エヴァンは三白眼の目を大きく見張り、強い眼差しを向けた。その頬が赤く染まっているのに気づいたが、プリンスのパンチを受けたのだからそれも道理だ。

「そうそう！　話は変わるんだけど、あなた私と取引をしない？」

なぜか目を見開いたまま岩と化したエヴァンに、私は新たな話題を切り出す。

「え、取引？」

エヴァンはハッとした様子で石化を解くと、小首をかしげて問い返した。

「私は今回の一件に口をつぐむわ。そのかわり、あなたにお願いがあるの。今回あなたがこの村から買い上げた苺と同量を、来年以降も継続して同じ価格で買ってくれないかしら?」

これは私の勘なのだが、なんとなくエヴァンには見どころがあるような気がした。とくに商売人としてのエヴァンの目と、その販売手腕を信用してみたいと思った。

「いっときの儲けだけ見れば、ブームにのっかって買い占める手段でいいかもしれない。だけど商売っていうのは信用を売るものだと思うの。長い目で物事を見れば、あこぎな儲け主義は破綻する。それを踏まえて、マイベリー村の苺販売を長期的な目で考えてほしい。いっときのブームでは終わらない、長期の販売計画を示してほしいの」

シーラさんから聞かされたかつての隣村の二の舞にならないように、エヴァンなら継続した販路の確保ができるのではないかと、そんな期待があった。

するとエヴァンが、これまでとは一転して、凛と引き締まった表情で口を開く。

「そんなのは取引をするまでもない。俺がマイベリー村の苺販売をワンシーズンで終わりにするわけがない。毎年、同量の買い取りを約束するよ。なにより販路の方は、いろいろ考えて、もう実行に移してる。父上に進言して、王都に各地の特産品を集めた物販店を建設中なんだ。そこでは各地から旬の特産を集めて売るんだ。具体的な企画はこれからだけど、俺としては、休日には名物の実演販売とかもやってみたいと思ってる」

……まるで、アンテナショップだ。

王都の人は新しい物が好きで移り気な反面、いいと思った物や価値があると感じた物は、長くリピートしてくれる。しかも実演販売は話題性もあるから、商品のよさを広く知ってもらうには打ってつけだ。

この物販店は絶対にあたる――！　私は期待と興奮に思わず拳を握りしめた。

「きっと成功するわ！　その物販店が完成したら、ぜひ私も実演販売に呼んでちょうだい」

やはり、エヴァンの先見の明はすごい……！

「そんなふうに言ってくれるなら、オープニングイベントで早速呼ばせてもらうよ」

「ぜひよろしく！　……そうだ、マルゴーさんの娘のカエラちゃんの薬も引き続き融通してちょうだいね」

「ああ、彼女はうちの伝手で治験に紹介することができた。新薬で彼女の症状は劇的に回復するはずだ。もちろん、今後の経過観察も怠らない」

「よかった」

それから私たちは閉店の時間まで、今後の販売戦略について会話に花を咲かせた。

「今日のことは本当に申し訳なかった。だけど苺の流通は今後も責任を持って継続していくから、安心してほしい。……そういえばアイリーン、あの巨大な猛獣はここのペットかい？　もういないみたいだけど」

「え⁉」

帰りがけのエヴァンに言われ、ハッとして店内を見回す。けれどここには私とエヴァン、そしてバスローブ姿のカーゴとルークがいるだけだった。

いつの間にか、プリンスの姿が店内から消えていた。

「プリンス、いつの間に帰っちゃったの……？」

私自身、エヴァンに言われるまで、プリンスの不在に気づかなかったことが不思議だった。だけど感覚的には、私はずっとプリンスと一緒にいるような気でいたのだ……。

「なぁアイリーン。俺はさ、あの猛獣にビンタされて目が覚めたんだ。今度会ったら、俺からの礼を伝えておいてくれ。それじゃ俺はこれで失礼するよ」

エヴァンは最後にもう一度直角に腰を折って、店を後にした。

「あ、雨が降ってるんじゃ」

　エヴァンの背中が扉の向こうに消えてから、ふと、思い出した。

「雨ならとっくにやんでるぜ」

　傘に手を伸ばしかけた私に、ルークが告げる。

「え……。あ、ほんとだ」

　窓に目線を向ければ、ルークの言葉通りすっかり雨はやんでいた。私が再び店内に視線を戻すと、なぜかルークが笑いをこらえたみたいな顔をして、肘でカーゴをつついていた。カーゴはむっつりとした表情で、ルークのちょっかいをよけ、場所を一歩横にずれた。

「ねぇ、ところでどうしてカーゴはバスローブ姿なの？　……あ、もしかしてお風呂上がりに駆けつけてくれた⁉」

　私が尋ねた瞬間、なぜかルークがブフォッと噴き出し、カーゴは苦虫を噛みつぶしたみたいな顔でルークを睨んだ。

「なに、着衣に少しトラブルがあってな」

　どうやら風呂上がりではないらしい。

「ふぅん、そっか。風邪、引かないようにね」

「あぁ」

カーゴは理由を明言しなかったが、私はそれ以上の追及はしなかった。

……まぁ、聞くまでもない。普通に考えれば出先で汚したか濡らしたかして、やむなくルークの持ってきたバスローブに着替えたといったところだろう。

「ブッ、ブハハッ！　アイリーンよ、心配しなくともべつにカーゴは露出癖など持っちゃいねえぜ！」

その心配はこれっぽっちもしていなかったのだが、ルークがあまりにも自信満々に胸を張るので一応うなずいて応えた。

「ルーク！　アイリーンに余計なことを言うな！」

「うおっ!?　なんだカーゴ、バスローブを運んでやった恩人を叩こうたぁいい根性じゃねーか！」

……それにしてもふたりとも、仲いいよなぁ。

私は男同士の友情を生ぬるい目で見守りながら、閉店準備に取りかかった。

それから数日後、週末の店に新たなお客様がやって来た。

……え？　リリアーナの、取り巻き三人娘――!?

来客の顔を目にした瞬間、私は出迎えた格好のまま、岩のごとく固まった。

「あらいやだ！　おしゃれなカフェだと期待して来たのに、あそこにいるの、アイリーンじゃありませんこと？」

「まぁ、本当！　こんなところに、アイリーンがいるじゃないの！」

……どうやら三人は、偶然訪れたていを装っているらしい。

それにしたって、このあきらかな棒読みは、いったいなにごと……!?

「いらっしゃいませ。ただいまお冷とおしぼりをお持ちします。お好きな席にお掛けになってお待ちください」

なんとか気を取りなおし、席へと案内する。

「アイリーンが店主だなんて不安ねえ」

「本当ね。おいしくなかったら、どうしましょう」

……十中八九、エヴァンから私のことを聞きつけてやって来た取り巻き三人娘は、リリアーナに遠く及ばぬ大根女優っぷりを披露する。

私は営業スマイルを貼りつけながら、内心では笑いの衝動をひた隠すのに必死だった。

「……本当にエヴァンの言うように、ちゃんとおいしいスイーツが食べられるのかしど」

「でも、店の雰囲気はけっして悪くありませんわよ？　まぁ、肝心なのは味ですけれ

「たしかに。エヴァンはなんだかんだで、フェミニストですものね」

ら？」

席に着くや否や、メニューを選ぶのもそこそこに、三人はコソコソ話を始めた。……ただし、彼女らのコソコソ話は声が高く、丸聞こえだが。

「……安心してちょうだい、エミリー、ミュエル、イヴァンカ。ここのスイーツはどれも、味にいっさいの妥協はしていないわ。絶対に後悔はさせないから」

「きゃっ⁉　……そ、それは実際に食べてみないことには、わかりませんわ！」

思わず口を挟んでしまえば、エミリーがギョッとした様子で声をあげた。

「たしかに、それもそうね。横から口を挟んでごめんなさい、ゆっくりメニューを選んで」

「いえ、注文はもう決まっているわ！　私たちにも、エヴァンが注文したのと同じ物をくださいな。それを食べた上で、判断しますわ！」

「では、ストロベリーパイとアイスクリームの盛り合わせと苺ミルクを人数分でよろしいですか？」

「それでお願い！」

その後も、三人は厨房で注文品を用意する私にチラチラと目線をよこしては、なにやらコソコソと言い合っていた。

「あんれま！　お嬢ちゃんら、えらい別嬪さんでねえの。どっから来たの？」

……ん？

「やだ、おばあちゃんたら、お上手ですわ。私たち、王都から観光で来ていますの」

「そうかそうか〜。この村は今が苺のいっちばんうめえ時期だ。たぁんと食っておいきよ。それからね、各農園がやってる苺狩りもおすすめだね」

「あら、自分で摘めるんですの⁉」

おなじみさんの来店で、店内のムードが一変した。

「んだ。時間内は食べ放題さ」

「まあ！　それは楽しそうですわ！」

……三人は老夫婦と意気投合し、キャッキャキャウフフと盛り上がる。店内は、一気にパァッと華やいだ。

——カラン、カラン。

「おや？　今日の店は綺麗どころがいっぱいで、ずいぶんと賑わってるじゃねえか」

「あらやだよジェームズ！　綺麗どころだなんて照れるじゃないかい！」

「やめてくれ。今のはあきらかに、そっちのお嬢ちゃんらに言ったんだろうが……って、隣の亭主が睨んでるじゃねえか。……こりゃあ、めったなことは言うもんじゃねえなぁ」

「ふふふふっ！」

「やだもう、この村の皆さんおもしろいんだから！」

ジェームズさんも加わって、ますますと店内は盛り上がった。

三人が地元民と交流して朗らかな笑い声をあげるのを、私は厨房から微笑ましい思いで眺めていた。

……みんな、素直ではあるんだよね。

在学中に、彼女らと少なからぬ悶着があったことは事実だ。けれど、彼女らに私を陥れる意図があったのかというと、そうではない。

彼女らは単に、リリアーナの表の顔に騙されて、傾倒していただけだ。

たとえば階段からの突き落としの一件の際、真っ先に声をあげたエミリーにしても、彼女は見たままの光景を叫んだにすぎない。作為ある虚言はすべて、リリアーナの口からしか発せられていないのだ。

「お待たせしました」

そうして彼女らに注文品を運んだところで、私はデジャヴを見ることになる。

まず、彼女らはひと口頬張った瞬間から無言になった。次に、怒涛のごとき勢いでストロベリーパイと苺ミルクを平らげていく。

それはまさに、初めて来店したときのエヴァンの姿と瓜ふたつ。自ずと私の頬は緩んだ。

「お味はどうだったかしら？　ここのスイーツが、あなたたちにとって納得のいくものだったらいいんだけれど」

会計時に、そっと水を向けてみた。

「ま、まぁ。値段相応なんじゃゃなくって？」

「とりあえず後悔はしないで済みましたわ！」

「え、ええ。まあまあでしたわ！　ごちそうさま。村の皆様も、ごきげんよう！」

いそいそとコイントレイに代金を置くと、三人は逃げるように店を出ていった。なんと、帰り際の行動までエヴァンを模したかのよう……！

私は思わず、噴き出しそうになった。

「アイリーンさんよ？　あれが、巷（ちまた）でうわさのツンデレってやつかい？」

「……なるほど！　素直になれなくてツンツンしちゃう感じは、まさにそれですね！」

「へぇ～、じいさん。ずいぶんとハイカラな言葉を知ってたもんだねぇ」

「なぁに、ばあさんや。ツンデレはもう古いぞ。今はヤンデレだクーデレだと、もっと進化しとるんじゃ」

……自信満々でおばあさんに胸を張ってみせるおじいさんは、なにげに私よりもよほど若者言葉に詳しい。

「で、アイリーンさん。今のはあんたの友人かい？」

「ええ。かつての同級生で、……友人ですね」

わずかな逡巡の後、私は彼女らを友人と表した。今時点では、友人と言いきるには少し苦しい。だけど近い将来、私と彼女たちの関係が変わりそうな、そんな予感があった。

……とはいえ、その予感がこんなにはやく現実のものになろうとは、いったい誰が想像できただろう。

先の来店から、わずか一刻。私は再び、イヴァンカを出迎えていた。

「さっきは失礼な態度を取ってごめんなさい！　本当はあなたのスイーツ、ものすごくおいしかったのに、私、ほかのふたりの手前『まあまあ』だなんて心にもないことを言ってしまったの！」

扉が開くと、イヴァンカは開口一番にこう言って頭を下げた。

「そんなのはいいのよ。それよりも、なにかあった？　ふたりは一緒じゃないようだけど……さぁ、とにかく入り口で立っていないで、どうぞ中に入ってちょうだい」

扉の前に立ちすくむイヴァンカのうしろに、ふたりの姿はなかった。

「……ありがとう。今はひとりよ。あのふたりは宿で休んでいるわ。実は私、あなたにお願いがあって来たの。あんな態度を取っておいて、厚かましいって思うかもしれないけれど……」

「やあね。それは今、謝ってくれたじゃないの」

なんとなく、声を大にしては言いにくい内容だろうと察し、私はイヴァンカを奥のカウンター席に促した。

「……さっきのストロベリーパイにトッピングしてあったクッキー、香ばしくてサクサクで、すごくおいしかったわ」

カウンター席に腰掛けると、イヴァンカはもじもじと両手を擦り合わせながら、こんなふうに切り出した。

「あら、イヴァンカはあのクッキーを気に入ってくれたの？」

「ええ、とても。私もこの間、クッキーを作ったんだけれど、ちっともおいしくできなくって。あれじゃ、とてもじゃないけどプレゼントなんて……っ、ねぇアイリーン！　どうやったらあんなにおいしく作れるの!?」

うつむいていたイヴァンカが、突然ガバッと顔を上げた。

私を見つめるキラキラと輝く瞳、紅潮した頬、それはまさしく恋する乙女のそれ――！

「簡単よ！　私がレシピとコツを教えてあげる！」

目にした瞬間、私はイヴァンカの手を握りしめて叫んでいた。

「イヴァンカから手作りクッキーをもらったら、その男の子は絶対に大喜びよ！　一瞬で恋に落ちちゃうこと請け合いだわ！」

「や、やだ？　私、好きな子にプレゼントしたいだなんて、ひと言も……」

顔を真っ赤に染めて、もごもごと弁解するイヴァンカは、自ら『好きな子』と口走ったことにもまるで気づいていない。

そんな彼女を、私は微笑ましい思いで見つめていた。

「よろしくお願いします！　私においしいクッキーの作り方を教えてください！」

「任せてちょうだい！　早速明日の午後、ここで一緒にクッキーを作りましょう！」

「はい！　……あ、だけどアイリーンは明日もお店の営業があるんじゃ」

イヴァンカはここ一番の笑顔でうなずいて、けれど途中で気づいた様子で不安げに声をあげた。

「大丈夫！　事前にわかっていれば、お店はその間、ピンチヒッターにお願いするわ」

「ピンチヒッター？」

「お客様の誘導から、メニューの説明までなんでもこなせる接客応対のエキスパートと、天才的な盛りつけをしてみせる厨房係のふたり組なの」

ニッコリと笑みを深くして告げる私に、イヴァンカはキョトンとした様子で首をかしげていた。


「おお！　またこの芸術的な盛りつけに出会えるとは思ってもいなかった！　しかも、前回よりもパワーアップしとるようじゃないか⁉　なんだい、今日はなにかの記念の日かい？」

営業再開の初日に、ルークの盛りつけに唸ったお客様が、再び店内で唸りをあげる。

私はそれを厨房の奥で聞いていた。

「……ええ。今日は新店主アイリーンの交友に新たな展望が開けた記念の日です」

カーゴの切り返しに、私は隣のイヴァンカと顔を見合わせて、小さく微笑み合った。

「ほお！ なにやら込み入った記念日だが、またこの盛りつけに出会えたことはラッキーだった！ どんな記念日でもかまわんが、また期待しとるぞ」

「はい。どうぞまた、ご贔屓にお願いします」

カーゴはそつなく応対したが、お客様が帰った直後に、厨房のルークを睨みつけた。

「おいルーク、お前はメニューブックの通りに盛りつけられないのか？ しかも初日より空いているのにかこつけて、どんどん派手になっているじゃないか！」

「細けえこと言うんじゃねえや。客も満足して帰ったんだ、なんの問題もないだろうが！ な、アイリーン？」

「う、うん。まぁ、そうね。……ただ、後々のこともあるから、あんまり派手になりすぎない方がありがたいかな」

突然隣から水を向けられた私は、手伝ってもらっている手前、若干ぼかし気味に伝えるにとどめた。

「ねぇアイリーン、生地はこのくらいでいいかしら？」

「ん、見せて？」

声をかけられて、バターを練っていたイヴァンカの手もとを覗き込む。

「これは、もうちょっとね。クリーム状になるまで、泡立て器でもう少し練るように混ぜてみて」

「はい！」

イヴァンカはうなずくと、握った泡立て器で、私の指示通り再び練るようにかき混ぜ始めた。その様子は、まさに真剣そのもの。

「あ、だいぶいいわね。お砂糖を入れましょう」

「はい！」

バターが練り上がると砂糖を加え、今度はそれに数回に分けて溶き卵を少しずつ入れていく。

「慣れないと腕が疲れるでしょう？　少し代わりましょうか？」

「いえ！　大丈夫ですわ！」

三回目に溶き卵を加えたタイミングでイヴァンカに問いかけたが、彼女は混ぜる手を止めようとはしなかった。

「だいぶ生地がフワッとしてきたわね。このくらいでいいわ。今度は小麦粉を加えましょう」

「はい！　……ええっと、ここからはヘラでサックリと、でしたかしら？」

どうやらイヴァンカは事前に渡したレシピで予習していたようで、私の指示を待たずに泡立て器からヘラに調理器具を持ち替えた。

「そうよ！　よく覚えていたわね」

イヴァンカはうれしそうに微笑むと、ふるっておいた小麦粉を加える。そうしてバターとなじませるように、粉気がなくなるまで混ぜ上げた。

「……生地の段階だけど、この間とは全然違うのがわかるわ。前のときはもっとダマになってボソついて、こんなに艶やかじゃなかったもの」

麺棒で生地を伸ばしながら、イヴァンカは前回のクッキー生地との違いに、感嘆の息をこぼした。

「ダマは、今みたいに小麦粉を二回ふるいにかけることでかなり防げるわ。一回目のふるいで小麦粉を細かくして、二回目で空気を含ませる。これでダマが少ないだけじゃなく、サックリとした食感の仕上がりにもなるの」

「ちょっとした手間で、こんなに違ってくるなんて驚きですわ」

「そうね」

生地が均一な厚みに伸びれば、次は型抜きだ。

「あらイヴァンカ、そのハートのクッキー型すごくかわいいわね」

イヴァンカが持参したクッキー型に目が留まる。

「まぁうれしい！　こちら、作り終わったらアイリーンに差しあげますわ。実は昨日、立ち寄ったショップでひと目惚れして、衝動のままふたセット購入してしまいましたの。クッキー作りを教えていただいたお礼も兼ねて、受け取っていただけたらうれしいですわ」

「そういうことなら、ありがたくお店で使わせてもらうわね。どうもありがとう」

「アイリーンにも気に入ってもらえてよかったわ」

イヴァンカの手で、かわいらしいハートに型抜きされたクッキーが、鉄板に並ぶ。

「さぁ、今度はこれを焼いていきましょう。時間は、百七十度に予熱しておいたオーブンで十五分がおおよその目安になるけれど、オーブンだけは各家庭によって勝手が違ってくるから、焼き色を見ながら判断した方がいいわ。全体に焼き色がついて、裏側にも焼き色が回っていそうなら、取り出してちょうだい」

「うちのオーブンは、設定温度より高温になりやすいんですの。気をつけて見るようにしますわ」

こうしてあとは、焼き上がりを待つばかりになった。

「……それにしたって、アイリーンはすごい熟練技術の持ち主だわ。クッキーはもちろん、その手から、あんなにおいしいスイーツを生み出してしまうんですもの」

感嘆したようにつぶやくイヴァンカを、私は目を細くして見つめた。

シンプルなワンピースにエプロンをつけ、いつも下ろしている髪を束ねて三角巾にまとめたイヴァンカは、その装いだけを見れば普段よりもずっと簡素だ。けれど、腕まくりした手を粉で白くして微笑む姿は、いつも以上に魅力にあふれていた。

「……ねぇイヴァンカ、おいしさの一番の秘訣は技術じゃないわ」

「え？ ……じゃあ、なにかしら」

私の言葉に、イヴァンカは小首をかしげてみせた。

「一番の秘訣はね、愛情よ。もちろん最低限の作業手順を踏む必要はあるけれど、技術ばかりじゃ、おいしくはならない。だから、イヴァンカの愛情たっぷりのクッキーは、とびきりおいしくできあがるわ」

「アイリーンったら、お上手なんだから……。でもそうね、こうしてアイリーンに教えてもらったクッキーだもの。プレゼントしたら、きっと喜んでもらえる。そうして私の恋が叶うような、そんな気がするわ」

「ふふふ。絶対に叶うと思うわよ。……さぁ、そろそろ焼き上がったわね。取り出しましょう」

オーブンから熱くなった鉄板を取り出せば、店内に焼きたてのクッキーの甘く香ばしい香りが広がる。

「まぁ！　いい焼き色！」

目にしたイヴァンカが、弾けるように笑う。

甘い香りと、イヴァンカのまぶしい微笑みに包まれて、昼下がりのひと時は穏やかに過ぎていった。


クッキー作りの伝授から、一週間後。

――カラン、カラン。

「アイリーン、聞いてちょうだい！　この間のクッキーをプレゼントしたら、すごく喜んでもらえたわ！　それで今度、その子とデートすることになったの。これも全部、あなたのおかげよ。一番に伝えたくって、飛んできちゃったわ」

私は週末の店内に、またしてもイヴァンカを迎えていた。

……いくら学園が休みとはいえ、マイベリー村はけっして王都から近い距離ではない。

イヴァンカの行動力に、私は内心で舌を巻いていた。

「それはよかったわ。わざわざ報告をしに来てくれたのね。さぁ、中に入って詳しく教えてちょうだい」

イヴァンカを促して、店内に足を踏み入れた直後——。

——ドドドドッ！

え⁉

入り口目がけて突進してくるふたつの人影があった。

「やーっと見つけましたわ！」

「ひとりだけ、ずるいですわ！」

私が振り返ってふたつの人影を確認するのと、ふたつの声があがるのは同時だった。

その主は、エミリーとミュエルのふたり。なんとこのふたり、王都からここまでイヴァンカを追ってやって来たらしい。

……なんてことだ。

行動力があるのはイヴァンカだけじゃない。エミリーとミュエルのふたりも、イヴァンカに負けず劣らずの行動力の持ち主だった……！

まさかの新発見に、私は開いた口が塞がらなかった。

「やだ！　エミリーにミュエル、あなたたちもマイベリー村にまた用事!?」

私がポカンと口を開けてほうけていると、隣のイヴァンカが声をあげた。

……彼女らは十中八九、イヴァンカを追いかけてきている。その彼女らに、面と向かって『用事』と問いかけてみせるイヴァンカは、なかなかの強者だ。

「あなたを追いかけてきたに決まっているじゃない！」

「そうですわ！　私たちに内緒でアイリーンにクッキー作りを教わって、あげくにひとりだけ恋を叶えちゃうなんてずるいわよ！　私だって、好きな子にクッキーをあげたいわ！　ねぇアイリーン、私にもその〝恋が叶うクッキー〟の作り方を教えてちょうだい！」

「……ええっと、とにかく三人とも中に入らない？」

……うん。たぶんもう、彼女らは友人で間違いない。

私は、一週間ぶりに再会した友人らを店内へと招き入れた。そうしてエミリーとミュエルのふたりにも、クッキーのレシピを渡してあげた。

「最初にエヴァンから聞いたときは耳を疑ったけど、アイリーンのスイーツは素晴らしいわ。なによりこのストロベリーパイのおいしさといったらないわ！　本当は前回もね、このパイのおいしさに驚いたの。だけど最初に三人で約束していた手前、私だけ『おいしい』とは言い出せなくて……」

私があげたクッキーのレシピを握りしめ、ミュエルは言葉を濁した。

「もういいのよ、ミュエル。謝罪はさっき、もう十分に伝えてもらったわ」

店内に通して一番に、私はミュエルとエミリーから『前回食べたストロベリーパイが本当はおいしかった』と、『心ないことを言ってすまなかった』と詫びを告げられていた。

「だから、これ以上この件は言いっこなしよ。おいしくストロベリーパイを食べてもらえたら、私はそれが一番うれしいわ」

「ええ……」

ミュエルはクシャリと微笑むと、丁寧に折りたたんだレシピを懐にしまい、目の前のストロベリーパイにフォークを入れた。

ちなみに、作り方の細かな手順が知りたいというミュエルには、王都に帰ってからイヴァンカが教えるということで、すでに話はまとまっている。

「……ねぇアイリーン、私はさっきの謝罪とはべつに、あなたにもう一点、謝らなければならないわ」

「エミリー？　どういうこと？」

「階段の突き落としの一件よ。……私、たしかにあなたの手がリリアーナに向かって伸びているのを見たわ。だけど、よくよく考えてみると、突き落とした瞬間を見たわけではないの。安易に私が叫び声をあげたせいで、あなたの突き落としが事実として確定してしまった。だけど今は、あの時の行動が正しかったのか自信がない。……正直、ずっと後悔している」

　エミリーは私を見つめ、声を詰まらせた。

　私は彼女の告白に、内心でとても驚いていた。まさか彼女が自分の発言を後悔し、心を痛めていただなんて思ってもいなかった。

「あなたは、あの場で目にした光景を声にしただけ。リリアーナの訴えに周囲が同調して、ああいった結末を迎えたにすぎない。あなたの発言自体に責任はないし、あなたが自分の行動を後悔する必要もないわよ」

「……アイリーン、真実はどこにあるの？」

「私は突き落としていないわ」

　私の答えに、場はシンと静まった。

　だけどエミリーも、イヴァンカにミュエルにも、驚いた様子はまるでなかった。

「……やはり、そうだったのね。実は、最近のリリアーナの言動は少し目にあまるものがあって、それで私はあの時の一件にも疑念を抱き始めたの」

どうやらエミリーには、予感があったようだ……。

「私のあげた声が結果として、あなたを退学に追い込んだ……。アイリーン、本当にごめんなさいっ！」

エミリーは私に向かって深く頭を下げた。

「やだ、エミリー顔を上げてちょうだい？　私は望んで学園を出て、こうしてカフェを営んで、ここでの暮らしを満喫している。だから、あなたのせいだなんて、これっぽっちも思っていないわ」

「……っ、アイリーンお姉様！」

突然、『お姉様』という謎の呼称をつけて呼ばれ、ギョッとしてエミリーを見返した。

「ちょ、ちょっと待ってエミリー？　私とあなたは元同級生。つまり私たちは同年で、私はあなたの『お姉様』じゃないわ」

「いいえ、『お姉様』というのは単に年齢だけの問題ではありませんの！　リリアーナのような見せかけではない、寛大な心！　かつ、いちはやく学生の身分を脱し、自分の店を持って立派に成功させてみせるだけの行動力！　人生の先輩という意味で、アイリーンお姉様で間違いありませんわ！」

興奮気味にエミリーは語る。しかもその目がキラキラと輝いて、なんだか見つめられている私の目がくらみそうだ。

「……そういえば、あなたはリリアーナのこともお姉様と呼んでいたわね」

「やめてくださいませ！　彼女をいっときでもお姉様と呼んでいたなど、人生の汚点ですわ！　当時の私はきっと、頭をおかしくしていたに違いありません。とにかく、これからは正真正銘アイリーンお姉様一筋ですわ！」

私がふと思い出してつぶやけば、エミリーはものすごく嫌そうに眉をひそめて断言した。しかも、私の妹分に名乗りをあげられてしまった。

こんな状況は初めてで、正直、かなり照れくさい……。

「エミリーだけずるいですわ！」

え⁉　ギョッとして横を見れば、ミュエルが頬を膨らませている。

「そうですわ！　私だってお姉様と呼ばせていただきたいですわ！」

イヴァンカも、不満げに言い募った。

「……仕方ありませんわね！　では、あなたたちも一緒にアイリーンお姉様と呼ぶことにいたしましょう！」

「賛成です！」

「それがいいですわ！」

……いつの間にか、私は四人姉妹の長女になっているではないか。……なんとなく、次女はエミリーっぽいな、とそんなどうでもいいことを思った。

「ところでアイリーンお姉様、このストロベリーパイが本当においしくて！　家族へのお土産に、持ち帰り用でワンホールお願いいたしますわ！」

ストロベリーパイを食べ終えたエミリーが、ホール買いを所望した。

「あら、では私もお願いいたします！」

「私も！」

「ホール販売は事前予約のみなのよ」

「では明日、開店一番でまいりますわ！」

……本音を言えば、三台のホール販売は苺の使用量的にギリギリで、私の朝の仕込み時間もカツカツだ。

けれど、わざわざ王都から訪ねてきてくれた友人三人のご所望とあっては、これを持たせないわけにはいかなかった。

「わかったわ、三人分用意しておくわね」

「まぁ、うれしい！」

「家族もきっと大喜びしますわ！」

そうして翌日、賑やかな三人がストロベリーパイを抱えて帰っていった後、私にはとんでもないお土産が残されることになる……。


――カラン、カラン。

「恋が叶うクッキー、くださいな！」

「すみません！　午前中の分が完売で、次の焼き上がりが並ぶのが、一時間後になります！」

「それじゃあ、お茶をしながらここで待たせてもらいます。苺ミルクをお願いします」

――カラン、カラン。

「ごめんください。こちらに恋が叶うクッキーがあるって聞いて来たんですけど」

「すみません！　午後の焼き上がり分が完売してしまったんです。明日も朝からまた並びますので！」

「あら残念。それじゃ明日、また来ます～」

……まさか、私のクッキーが村中で〝恋が叶うクッキー〟として爆発的な人気になろうとは、思ってもいなかった。

このヒットの裏には、間違いなく三人の宣伝がある。

三人の影響力に舌を巻きつつ、私はてんやわんやでクッキーを焼きまくることになった。

その翌週、私はまたしても、元同級生たちを店に迎えていた。

「なるほどね！　たしかに君のストロベリーパイは絶品だよ！」

『桃色ワンダーランド』における攻略対象のひとり、小柄で童顔のいわゆるショタキャラ、ニコラはストロベリーパイを頬張りながら、嬉々とした声をあげた。

ちなみに彼は、今年度、セント・ヴィンセント王立学園の生徒会で副会長を務めている。

「それにこのトッピングのクッキー、イヴァンカの師匠が作っただけあっておいしいね。……あ、もちろん一番は、彼女の作ってくれたクッキーだけどね」

ニコラは頬を朱色に染めながら、照れたような笑顔で告げる。

……なんと、イヴァンカの意中の人はニコラだったようだ！

私はニコラとイヴァンカ、初々しい恋人同士の誕生を知り、頬を緩めた。

「……うぬぬぬ、実に興味深い！」

突如、ニコラの隣からあがった唸り声に、ビクリと肩を跳ねさせて目線を向けた。

「どうかした、ロベール⁉」

このロベールも『桃色ワンダーランド』における攻略対象のひとりで、見た目を裏切らない眼鏡キャラの秀才だ。そしてなにを隠そう、彼こそが今年度のセント・ヴィンセント王立学園の生徒会会長だ。

ただし彼は、頭が切れすぎるせいなのか、ゲーム内でもその感性が少々独創的だった。

「この村の苺栽培の仕組みと、苺農業組合の販売強化対策は秀逸です！　この村の苺の商品価値に最初に目をつけたのが僕ではなくエヴァンだったことが悔やまれてなりません。そしてなによりアイリーン、君がこんなに素晴らしい菓子作りのスキルを有していようとは！　……はぐっ、もぐもぐ。……ああ、聞きしに勝るこのうまさ。……もっとも、ニコラの言うように、僕だってミュエルのクッキーが一番ではありますがね」

「え⁉　ロベール、あなたミュエルからクッキーをもらったの？」

「ええ、もらいました。彼女から、まばゆい笑みで差し出されたあのクッキー。ひと口食べた瞬間に、僕は恋に落ちたのです。それ以降、僕は寝ても覚めても彼女のことが頭から離れない」

ロベールは、うっとりと遠い目をして熱い吐息をこぼしてみせる。

……まさかロベールとミュエルまで！　私は知らされた新たなカップリングに、言葉をなくしていた。

「ねぇアイリーン、恋のパワーってすごいよ。だって、あれだけ勉強熱心だったロベールが、今じゃ教科書を放り出して、日夜王都のデートスポット開拓に励んでいるんだから」

ニコラがロベールを肘でつつきながら、悪戯っぽくカミングアウトをしてみせる。

「よく言いますよ。君だって同じようなものでしょうが」

ロベールはジトリとニコラを見つめ、ヤレヤレと肩をそびやかした。

「……あれ、そういえばふたりとも、たしか明後日から試験じゃなかった？　寮で勉強しなくて、というよりも、リリアーナにヤマを張ってあげなくていいの？」

ふと思い至り、ふたりに水を向ける。

「……ねぇアイリーン、僕たちはさ、もうすべて聞いて知っているんだ。この上僕たちが、リリアーナに協力することはないよ」

「その通りです！　僕のヤマかけがなければ試験に臨めないなど、それこそが根本的に間違っているのです。そうして、学びとは卓上で得るばかりではないのだと、遅ればせながら僕は気づいた！　それを気づかせてくれたのはミュエルで、ひいては彼女に気づきを与えたアイリーン、君です！」

……ええっと。

巡り巡って、なぜか私がロベールに『学び』のなんたるかを示した形になっているようだ。

「人生は日々勉強、僕は今この瞬間から、己の探求心のまま新たな変化を模索します。変化を望まず、おごり高ぶった態度を崩そうとしないリリアーナとは、ここが別れとなるでしょう！」

「……よくわかんないけど、とりあえず明後日からの試験はしっかりね」

「そこは当然、抜かりありません」

ロベールは眼鏡のフレームをスチャッと持ち上げて、レンズ越しの瞳をキラリと輝かせた。ニコラも苦笑してうなずいた。

「それでね、ニコラとロベールはこの店のストロベリーパイが大層気に入ったみたいで、今度、家族で来てくれるんですって」

「生徒会の会長と副会長のふたりが今日来店したことで、これで学園のほとんどの生徒が君に懐柔されたことになるな」

いつも通り閉店の一時間ほど前に来店したカーゴにロベールとニコラの来店を伝えれば、カーゴは少し考えるようなそぶりの後でこんな発言をした。

「やだ、懐柔ってそんな大仰な」

私はカーゴの物騒な物言いに苦笑したけれど、カーゴは真剣な表情を崩さなかった。

「だが、リリアーナを慕っていたのは、ニコラやロベールといった良識のある取り巻きばかりではなかった。むしろ、悪事に率先して手を染めていた熱狂的な取り巻きは、彼らとは別の一派だ。……今後も通信機は肌身離さず持っていてくれ。なにかあれば、すぐに俺に知らせるんだ」

「うん、わかった」

真剣そのもののカーゴを前にして、私もスッと表情を引きしめてうなずいた。

その後はいつも通り、ゆったりとした時間が流れた。

「ところで、カーゴは村のうわさを知っている?」

「うわさ?」

「真っ白い巨大な猛獣が村に住み着いているってやつよ」

私が振った話題に、カーゴは肩をピクンと跳ねさせた。ストロベリーパイをカットしていた手も、一瞬止まった。

「……あぁ、『凶悪な毛むくじゃら』って言われてるやつだろう? 聞いたことはある」

やはり、うわさは村中に広まっているようでカーゴの耳にも入っていた。

「驚かないで聞いてくれる?」

私には、度重なる元同級生たちの来店よりも、差し迫った心配ごとがあった。昼にやって来たター坊母子に最新の情報を聞かされてからずっと、気が気でなく過ごしていたのだ。しかし事が事だけに、カーゴに相談するべきかどうか考えあぐねていた。

本音を言ったときの、カーゴの示す反応に怖さもあった。

「ああ」

けれどカーゴを前にすれば、やはり胸の内に秘めておくことはできなかった。

「実はね、私はその『凶悪な毛むくじゃら』を知っているの。いいえ、知っているどころじゃないわ。私は責任を持ってあの子を養うって約束した。私たち、将来を誓った仲なのよ！」

——ブフォッ！

その瞬間、カーゴが苺クリームを噴き出した。

「大丈夫⁉」

私が慌てておしぼりを差し出せば、カーゴは受け取ったそれで、そっと口もとを拭いた。

「すまない。少し喉に詰まってしまった」

カーゴが落ち着くのを待って話を進める。

「私、誓って言える。あの子は『凶悪な毛むくじゃら』なんかじゃない。あの子はちょっと体が大きいだけの、とってもお利口さんなネコちゃんなの！」

なぜかカーゴは、『お利口さんなネコちゃん』の件で再び喉を詰まらせた。

「お冷のおかわりを置いておくわね」

私にも、なんだかむせやすい、そんな日がたまにある。私は追加のお冷を置き、静かにカーゴを見守った。

「……ああ、すまない。もう大丈夫だ」

「それで今日、ター坊のお母さんから聞いたんだけど、村の猟銃会が近々にその子の捕獲に動くそうなの。だけど、そんなのっておかしいわ。だってあの子は、なにひとつ悪いことなんてしていない。ねぇカーゴ、私はあの子を守りたいの。そのために私はどうしたらいいと思う？」

「なに、そんなのは君が心配しなくともいい」

え⁉　私は無責任なカーゴの発言に衝撃を受けていた。

「どうしてそんなことが言えるの⁉　カーゴはあの子を知らないからそんなことが言えるのよ！　本当におとなしくて気の優しい、いい子なの。あの子が銃弾に倒れてしまったら、私はもう生きては……」

勢いのまま噛みつくように反論した。だけど話しているうちに悲しさが勝り、言葉の最後は尻すぼみにかすれた。

涙を滲ませて黙り込んでしまった私に、カーゴは少し驚いたように目を見張る。次いでとろけるように優しい笑みを浮かべ、私の肩をそっと抱きしめた。

やわらかなぬくもりが、私をふわりと包み込む。その瞬間、不思議なことにプリンスの毛皮に包み込まれたような錯覚を覚えた。

「アイリーン、泣くな。いや、泣かなくていい」

カーゴは指先で私の目尻を優しくぬぐうと、キュッと懐に抱き込んだ。

……やっぱり、プリンスの毛皮に埋もれたときと同じ。

もちろん、肌に触れる実際の感触は違うのだ。だけど、心に感じるぬくもりや安心感、それらがピッタリと同じだった。

「聖獣は疾風のごとき速さで駆けることができるから、まず銃弾にはあたらない。それに聖獣の毛皮というのは、基本的に外傷を負わんのだ。だからその毛むくじゃらも、万が一撃たれたとしても銃弾には倒れない」

聞かされた言葉は、すぐには理解が追いつかなかった。

「……それはあの子が聖獣だと、そういうこと⁉　どうしてカーゴはそんなことを知っているの⁉」

「種を明かせば君同様、俺も奴とは知らない仲じゃない。その縁で、奴の生態も少し把握している。……ただし、これはどうかここだけの話にしてくれ」

パチパチと目だけをせわしなく、しばたたかせて固まる私に、カーゴは顔を寄せる。

「守れるかい？」

カーゴが耳もとで、低くささやく。

耳にかかる吐息の熱さにくらくらした。顔の火照りを自覚しながら、私はなんとかコクコクと首を縦に振って応えた。

「よし、いい子だ。さてアイリーン、いつまでもこうしていたいところだが、どうやらタイムアップのようだ」

「え？」

つられてカーゴの視線の先を追う。

「あ！　閉店準備をしなくっちゃ！」

壁掛け時計を見れば、いつの間にか閉店の十分前になっていた。私は弾かれたようにカーゴの腕を脱した。

そのまま逃げるように厨房に向かい、閉店準備に取りかかった。けれど、ドキドキと騒ぐ鼓動は静まらない。顔の火照りも同様に、治まる気配がなかった。

「それじゃあアイリーン、また明日」

「うん、また……。あ！　そうだわカーゴ、今度あの子が来たら通信機を鳴らしてもいいかしら？　あの子の来店は気まぐれなんだけど、この通信機があればカーゴに合流してもらえるじゃない⁉　三人でゆっくりお茶でもどうかしら？」

今日も、私はカーゴと一緒に家路に就いていた。その別れ際で名案を思いつき、嬉々としてカーゴに切り出した。

「それは駄目だ」

「え……」

誘いをスッパリと断られたことに、私は落胆が隠せなかった。

「い、いや！　誘いはうれしいが、君と奴の時間を邪魔してはなんだ！　とにかく、俺のことは気にせずふたりの時間を満喫してくれ」

気落ちする私を慮(おもんぱか)ってか、カーゴはしどろもどろに釈明を口にするが、その内容はいまひとつ響いてこない。

というよりも、カーゴは挙動不審だった。

……カーゴはいったい、なにをそんなに慌てているんだろう？

「ッ⁉」

その時、突然カーゴが、ガバッと天を仰ぎ見た。

「どうかした？」

「すまんが急用ができてしまった！　明日また店で！　おやすみ！」

「……おやすみなさい」

言うがはやいか、カーゴはくるりと踵を返し、慌ただしくロッジに続く道を駆け出す。私はカーゴの背中を眺めながら、首をひねっていた。

……なんだか、帰りがけのプリンスでも見ているみたい。プリンスの帰りがけも、いつも今のカーゴみたいにせわしない。

まぁいいや、帰ろう。

「……あ、雨？」

家に向かって一歩を踏み出しかけたその時、上空から小粒の雨が一滴、私の手の甲にあたって弾けた。今日は雨とは無縁な上天気だったけど、きっと、こういうのを天気雨というのだろう。

私は無意識に、カーゴのロッジに続く道に目線を向けた。

え⁉ その瞬間、今まさに曲がり角に消えゆかんとする白い尾っぽの先っちょが見えた！ような気がした。

必死に目を凝らしてみたけれど、すでに尾っぽらしき物は影も形もなかった。

……あれ、プリンスの尾っぽだよね？ ……いやいや、まさかね？

「うん、私はきっと連日のクッキー人気や、元同級生の接客やなんやで疲れてる！今日ははやめに休んで、しっかり明日に備えなくっちゃ！」

私はよぎった想像を振り切って、今度こそ玄関に向かった。

相変わらず、〝恋が叶うクッキー〟の人気は衰えることがなく、日に二回の焼き上がりには、それ目当てに多くのお客様が訪れる。けれど、当初のような混雑というのはなくなって、お店はずいぶんと落ち着いてきていた。

そして、毎週のように迎えていた元同級生の来店も、ここでいったんの区切りとなりそうだ。

「今日からみんなは試験なんだって。さすがに今週はここには来られないだろうし、少し静かに感じちゃうわね」

「そうだな」

カーゴは常と変わらぬ様子で、『いつもの』に舌鼓を打っている。私はその様子を見るともなしに眺めながら、ふいにロベールとニコラが訪れた日の別れ際の一幕を思い出していた。

「ねぇカーゴ、そういえば一昨日の急用ってなんだったの？」

「っ！」

先ほどまで順調に食べ進めていたはずのカーゴが、突然むせかけた。

「いや、なに。ルークがカレーを作って待っているから、冷めないうちに帰ってこいと言っていたのを思い出してな」

一瞬だけ、それは果たして急用なのかといぶかしんだが、たしかにカレーは熱い方が格段においしい。ならば、これも急用に違いないと思いなおした。

「そっか」

「な、なにかあったか⁉」

カーゴの声は、なぜか裏返っていた。

「ううん。なんでもないよ」

「そうか」

私とカーゴ、ふたりきりの店内はしばし沈黙で満たされた。

「ねぇカーゴ、カーゴには隠しごとってある？」

なんでこんな質問を投げかけたのかは、わからない。だけど、気づいたときには口にしていた。

「……ある」

カーゴは長い間を置いて、うつむき加減で重く答えた。

「そっか」

聞かされた瞬間、ふわりと頬が緩む。緊張でこわばっていた体からも、フッと力が抜けた。

「すまない」

カーゴはうつむいたまま、申し訳なさそうに付け加えた。

「どうして謝るの？　私はうれしいの。だって、誰にでも隠しごとのひとつやふたつはあるでしょう？　ないって言う方が、それこそ嘘よ」

カーゴはゆっくりと顔を上げた。澄みきったグリーンの瞳の美しさに、私は思わず息をのんだ。

「ならば、君にもあるのか？」

「ふふふ、どうかな？　もしかしたら、みんなを欺く特大の隠しごとをしていたりしてね？」

私はあえて軽い調子で答えてみせた。

だけどカーゴは、笑ってはくれなかった。射貫くように強い目で、ジッと私を見つめていた。私もカーゴから視線が逸らせなかった。

カーゴが真剣な表情のまま、ゆっくりと口を開く。

「俺はいつか、隠しごとや秘密、心の内もすべて君と分かち合いたいと望んでいる」

ドクンと胸が大きく跳ねた。

カーゴの真意は、わからない。だけど、告げられた言葉の重みに、意思とは無関係に心が震えた。

「……それってなんだか、夫婦みたいに親密ね？」

騒ぐ鼓動を抑えつけ、私は早口に問いかけた。

カーゴは言われて初めて気づいたとでもいうように、ハッと私を見返して、その頬に朱を散らせた。

カーゴの様子が、私の目にとても好ましいものとして映る。カーゴが無自覚のまま、私にさっき言った『心の内もすべて君と分かち合いたい』という感情を抱いてくれたというのなら、こんなにうれしいことはなかった。

カーゴは揺れる瞳を隠すみたいに、ゆっくりと目をつむる。再びまぶたを開くと、真っ直ぐに私を見つめた。

「時がきたら、今の言葉にもう少し肉づけをさせてくれ」

カーゴの言葉は、望んだものとは少し違っていた。……いや、望む明確な言葉があったのか、私自身よくわかっていなかった。

だけどひとつ、たしかな思いが浮かぶ。

「うん、待ってる」

……カーゴの言う『時』が、とても待ち遠しいと思った。

それぞれの明日へ――

マイベリー村にやって来てから、俺の日中は多忙だった。

「……なぁカーゴ、いい加減昼飯にしようぜ」

「待ってくれ、もう少しで感覚が掴めそうなんだ」

俺はアイリーンの店を訪ねる夜の時間以外のほとんどを、居間の鏡の前に張りついて訓練に費やしていた。

――ポポンッ！

「お、耳と尾っぽだけくっついてら」

――ポポンッ！

「お、首から下が獣化してやがる」

――ポポンッ！

「お、……なんだ、今度は普通の人間じゃねーか」

「ハァ、ハァ……。ルーク、俺はあえて鏡の前で訓練している。だからいちいち実況中継せんでも自分で見えている」

「あぁ、そうかよ。んじゃま、俺は先に食い始めてんぜ。ほどほどで切り上げてこいよ、せっかくの飯が冷めっちまうからな」

「わかっている」

ルークはヒョイとひとつ肩をすくめると、ひとり食堂へと戻っていった。

俺はひとりになった居間で、鏡に向かって再び集中力を高めた。

――ポポンッ!

今度こそと思って鏡を見れば、首から上だけが獣化した妙ちくりんな姿の俺が映っていた。

「ガウッ!」

クソッ!とこぼしたはずの悪態は、顔形状に伴って『ガウッ!』と自動変換された。

俺は力なく床に膝を突いた。

やはり、獣化のコントロールは相当な難題だった。しかし俺は、なんとしてもこれを成さねばならない。

アイリーンを手に入れるため、俺は将来を懸けた。ただしこれは、捨て鉢な皇帝位の放棄でも、無謀な賭けでもない。俺はアイリーンも皇帝位も、どちらも手に入れる!

「ガゥウウゥッッ！」

なんとしても、父と約束した十八歳までにこれを成し遂げる！

そうして建国の始祖の血を引く皇帝として、アイリーンと共に諸手をあげて玉座へと座ってみせる――!!

――ポポンッ！

「……ひとまず飯にするか。さすがに何度となく変化しすぎて頭痛がする」

人型に戻った俺はフラフラと立ち上がると、バスローブを引っかけてルークの待つ食堂に向かった。

すっかり精魂尽き果てた俺は、うしろに尾っぽをズルズルと引きずっていることに気づかなかった。

＊＊＊

一日の営業を終え、自宅で夕食を食べているとき、ふと心配ごとが脳裏をよぎった。

「私、金庫の鍵をかけたっけ？」

必死に閉店時の記憶をたどってみるも、金庫の施錠の部分だけ記憶がポッカリと抜けていた。

……うーん、わからない。ただしこういうケースは、覚えていないだけで大概は、一連の流れの中で無意識のうちにかけていたりする。

私も記憶から抜けてしまっているだけで、実際はかけていると思うのだ。

うん、きっと明日で大丈夫……。

「って、そんなわけない！　金銭管理の徹底は基本！　不安なら、確認しなきゃ駄目！」

私は残りのピラフをひと息で口に押し込むと、ランタン片手に自宅を飛び出した。

「やっぱりね……。かかってるんじゃないかって、思ってたんだ」

そうして実際に確認をしてみると、案の定、金庫はしっかりと施錠されていた。

「だけど物っていうのは考えようだよね。ずっと心配したままでいるより、スッパリ出てきちゃって大正解。よしとしよう！」

そう思いなおし、私は足取り軽く店を出た。

夜のマイベリー村は、とても静かだった。王都には夜通しで楽しむ店もあるけれど、マイベリー村にそんなものはない。

夜の帳が下りれば村は眠りにつき、次の夜明けに目覚める。人々は自然と同じサイクルで、ゆったりと穏やかな日々を繰り返す。

……これがきっと、人間の本来の姿なんだろうなぁ。少なくとも、日々の仕事を惰性でこなし、寝食以外のほとんどの時間を『桃色ワンダーランド』のゲームに費やす。これは正しい姿じゃなかった。

……だけど、皮肉な話だ。そんな私が今は『桃色ワンダーランド』の世界で、前世よりもよほど人間らしい暮らしを満喫している。

そう考えれば、悪役令嬢への転生というのも、けっして悪いものじゃない。

——ガタンッ、ガタンッ。

私がそんなことを考えながら歩いていると、ジェームズさんの農園に続く方向からなにかの走行音らしき物音が聞こえてきた。

不思議に思って農園の方向に目を凝らせば、ハウスの付近に私が持つのと同じようなランタンの明かりが見てとれた。

……こんな時間に作業なんて、ずいぶんと精が出るわね。

驚きつつも、私はそう納得して自宅の方へと踏み出した。だけど一歩を踏み出したところで違和感に気づき、ピタリと足が止まる。

……ううん、違う。だって、ランタンの明かりが複数あった！　ひとり暮らしのジェームズさんの農園に、複数人の気配があるのはおかしい！

　私は明かりを目立たせぬよう羽織っていたストールをはずすと、急いでランタンの上にかぶせた。足もとだけを照らすように低い位置にランタンを持ちなおし、宵闇に紛れてジェームズさんの農園に続く道を駆けた。


「アニキ、ほんとに俺たち、これをまくだけでひと晩で十万エーンも報酬をもらえるんッスか？」

「おうよ！　俺がとっておきの伝手から取ってきた儲け話だ！　おめえら、ありがたく思えよ」

　ジェームズさんの農園に近づくと、男たちの話し声が聞こえてきた。私は途中の農具小屋で、戸口の前に立てかけられた竹ぼうきを掴むと、慎重に声のする方に足を進めた。

　ギリギリまで近寄ると、適当な茂みに身を潜ませて男たちの様子をうかがう。

「俺、やっぱりアニキの舎弟になってよかったッス！　上納金を納めた後に、俺と弟が初めての舎弟だって言われて、上納金サギかと疑ったッスよ。でも、こんないい仕事回してくれるなんて、アニキはやっぱりヤクザの中のヤクザッス！」

「俺もアニキのこと、見直したッス。連日、五〇〇〇エーンの日給で土方作業や収穫作業に励む日々。田舎のヤクザの実体は、雇われ労働者だと半ばあきらめてたッス。だけど、ついに俺たちにも割のいい仕事が回ってきたんッスね！」

「おうよ！　おめえら、さっさと用意して端からまくぞ。まずは台車から缶をおろせ！」

……聞き耳を立てているだけで、早々に男たちの正体が知れた。男たちは自称ヤクザで、金で雇われて農園になにかをまこうとしているらしい。

「ヘイッ！　アニキッ！」

舎弟兄弟は威勢よく答え、指示通り重そうな缶容器を台車からおろそうと手をかけた。

……しかし、缶容器は一向に持ち上がる気配がない。

「っ！　重いッス！」

「こりゃ駄目だ！　アニキも見てねえで、手伝うッス！」

「……お、おめえら！　甘えてんじゃねぇ！　ここで男を見せろ！」

舎弟兄弟がアニキに協力を要請すれば、なぜかアニキは目線を明後日の方向に泳がせて裏返った声で叫んだ。

「アニキ、ずるいッスよ⁉」

「そうッスよ！　こないだの解体作業で腰を悪くしてんのは、俺たちも同じなんッスから！」

「……チッ、しょうがねえ！　どれ⁉」

舎弟兄弟の非難を受け、アニキもしぶしぶ合流し、三人で缶容器に手をかける。

「いちにーの、さんっ！」

三人は協力し、缶容器を台車からおろすのに成功した。

三人の挙動はどこか滑稽で、はた目には喜劇でも見ているように感じる。しかし、この三人が悪事をもくろんでいることは瞭然で、私は気を引きしめなおして三人を注視した。

同時に私は、状況から缶容器の中身を分析していた。ひと晩で十万エーンもの大金を提示された悪事……。たぶん、缶の中身は除草剤か、それに近いなにかだろう。だとすれば、あの量の除草剤をまかれればハウス内の苺は全滅。それどころか、土も使い物にならなくなってしまう。それではジェームズさんの農園がつぶれてしまう。なんとしても阻止しなくては——！

私はハウスにまかれる前に缶を倒し、中の除草剤を空にしてしまおうと考えた。しかし、缶容器は男三人でやっと持ち上がる重さだ。

……駄目だ、缶のままじゃ倒せない。

私は歯がゆい思いのまま、三人の動向を見つめた。

……あ、そうだ！　ふと、ポケットの中の通信機の存在に思い至る。

「よし、三等分にするぞ！」

その時、アニキがひしゃくを手に掴み上げて叫んだ。

……状況が動いた！　私は慌てて通信機のブザーを鳴らすと、三人の行動を注視した。

「アニキ、これに分けるッス！」

舎弟兄弟がすばやく台車に積んであった肩掛け式の農薬散布機を差し出す。アニキが受け取って、三台のタンク部分に、順番に缶容器の中の液体を注いでいく。

……カーゴに応援を頼んだけれど、やはり到着を待つ余裕はない。

除草剤が三等分に分け終わったところがチャンスだ。ハウスに行く前に三台の農薬散布機を倒し、中身を空けてしまおう……！

私は緊張に手に汗を握り、アニキの作業を見守った。

「よーし、これでいいだろ。おめえら、まきに行くぞ。タンクの蓋を閉めて背負え」

……今だ！

アニキがひしゃくを置いた瞬間、私は勢いよくランタンを覆っていたストールをはずす。その勢いのまま、煌々と灯るランタンを後方に向かって放り投げた。

——ザザッ！

「明かり⁉」

「誰だ⁉」

「誰かいるんッスか⁉」

男たちがランタンに気を取られている隙に、私は竹ぼうきを握りしめて茂みから飛び出した。

「な、なんだ⁉」

「女⁉」

ランタンに気を取られていた男たちは、突然現れた私の姿にどよめいた。

——ゲシ、ゲシッ！

私はかまわずに突進し、渾身の力をこめて二台の農薬散布機を蹴り倒す。

「うわぁああ⁉」

「中身がこぼれちまってるッス！」

「お、おい⁉　テメェなにしくさってやがる⁉」

慌てたアニキが私に向かって飛びかかる。

っ！　農薬散布機は、あとひとつだ――！

私は向かってくるアニキはそのままに、両手で握った竹ぼうきを残る農薬散布機に向かって突き出した。

――ガッッ！

竹ぼうきの渾身のひと突きで、農薬散布機が倒れた。中の液体がタンクからこぼれ、あっという間に地面へと染み込んで消えた。

「キャァアアッッ‼」

――ドサッ！

ところがその次の瞬間、私は飛びかかってきたアニキによって、地面に押し倒されていた。衝撃に息が詰まり、目の前が白黒した。

「テメェどうしてくれる！　十万エーンがおじゃんになっちまったじゃねーか⁉」

「ッ！」

アニキは激昂して叫び、私の襟首を掴んで揺さぶった。首が絞まり、苦しさに涙が滲む。

「おい！　なんとか言わねえか‼」

アニキに掴んだ襟首をグッと持ち上げられて、その衝撃で反射的に目を閉じた。するとその時、つむったまぶたの裏側に大好きなグリーンの双眸が鮮やかに浮かび上がった。

透き通るグリーンは、カーゴの瞳のようにも思えたし、プリンスの瞳のようにも思えた。

「アイリーン───！」

最初に耳が、聞き慣れたカーゴの声を拾う。次いで、かすむ視界にぼんやりとカーゴの姿が浮かぶ。

……え？　だけど次の瞬間には、カーゴの姿はプリンスに変わっていた。

「グゥワァアアアアアッッ！」

プリンスの咆哮を聞いたのと同時に、私に覆いかぶさっていた男が吹き飛ぶ。

状況を理解するより先、気道から肺に一気に空気が流れ、私は激しくむせ込んだ。

「ゲホッゲホッ！」

鈍く打ちつけるような音や、なにかがぶつかるような音が聞こえていたけれど、いくらもせずにそれらの音はやんだ。

「ガウッ！」

咳き込む私をプリンスが抱き起こした。プリンスは私を自分の胸にもたれさせると、落ち着かせるように、ゆっくりと背中をさすった。

やわらかなぬくもりと優しいリズムが、私の心と体を静めていく。プリンスの胸の中で、徐々に私の咳も治まり、速く短かった呼吸も常の穏やかさを取り戻していった。

プリンスの懐からそっと視線を上に向ければ、揺れる瞳が私を見下ろしていた。プリンスの輝石みたいに透き通るグリーンが、今は憂わしげに陰っていた。

プリンスを安心させたくて、出にくい声のかわりに手を伸ばし、その目もとをそっとなでた。

私が幾度かなでていると、プリンスは私の手にスリスリと顔を寄せた。私の『大丈夫だよ』が伝わったのか、その表情は心なしか穏やかになっているような気がした。

「ガウ」

プリンスは小さくひと声鳴いて、その舌先で私の指をペロリと舐めた。その後は私の顔に鼻先を寄せて、頬と言わず口もとと言わず、ペロペロと舐めた。くすぐったくて、こそばゆい。だけどそのぬくもりが、なによりも愛おしい。

「ふふっ、くすぐったいよ」

　私はプリンスが、いとしくてたまらなかった。

　……これまでも大好きだった。だけど今この瞬間は、これまでの『大好き』を凌駕して、プリンスという存在がかけがえなく愛おしいと感じていた。

「……ありがとうプリンス。あなたのおかげよ、私はもう大丈夫」

　プリンスを抱きしめて、グリーンの瞳に告げる。プリンスはジッと私を見つめ、最後に頬をひと舐めしてそっと顔を引いた。

「……う、うううっ。イテェよぉ……」

「アニキぃ……」

　背後から男たちの呻き声があがる。振り返れば、血を滲ませた男たちが地面に転がっていた。

「大変！　手当てをしないと！」

「ガゥウウッ！」

　私が男たちに駆け寄ろうとすれば、プリンスは不満げにいないて、前足にギュッと力をこめた。

　私にはプリンスが『手当てなどしなくていい』と『自業自得だ』と、そう言っているように感じた。

「……あなたの言いたいことは、よくわかるの。だけどね、たとえどんな悪人でも、私は目の前で痛みに苦しんでいる人がいたら見て見ぬふりはできない。自己満足かもしれないけど、助けないで後悔するより、私は助けて後悔した方がずっといい」

私がグリーンの瞳をしっかりと見つめて告げれば、プリンスも強い目で私を見返した。私たちは互いに目線を逸らさぬまま見つめ合っていた。

「ガゥ」

先に折れたのはプリンスだった。プリンスは小さくいなないて、そっと腕の力を緩めた。

「ありがとうプリンス！　私、ジェームズさんを呼んでくる！　大丈夫だから、あなたはここにいてね！」

私はめいっぱいの感謝をこめて、ギュッとプリンスを抱きしめてから、その懐を飛び出した。そのままジェームズさんの母屋へと一直線に駆けた。

私は母屋に着くと、ジェームズさんにかいつまんで状況を説明した。

「現場は犯人のランタンで明るいので、このままで大丈夫です。ジェームズさん、こっちです！」

出してもらったタオルと救急箱を片腕に抱え、反対の手でジェームズさんの手を取って、事件現場へと走り出した。

「アイリーンさん、急ぎたいのはわかるが、いかんせん年寄りはあんたのように速くは走れん」

「あ、すみません」

私はジェームズさんに言われ、慌てて速度を緩めた。

「なに、そう心配せんでも大丈夫だ。聞いた感じだとその三人は、おそらく隣町の便利屋の男らだ。本人らはなにを勘違いしてか、自分たちをヤクザなどと自称しとるがな。奴らはオツムが弱い分、体だけは頑丈にできている。ちょっとやそっと傷めつけられたからと、どうにもなりゃあせん」

カラカラとジェームズさんは笑った。そのあっけらかんとした様子に、私の焦燥感も少し薄らいだ。

「はい。それでジェームズさん、さっきも言いましたが現場には私を助けてくれたうわさの猛獣がいます。その大きさに驚くと思いますが、あの子はけっして害獣なんかじゃないんです。賢くて優しい子で……」

ジェームズさんなら、話せばわかってくれる。いたずらにプリンスを恐れ、駆逐しようとはしない。そう思いつつも、胸に若干の不安はあった。

「そんなのは、わかっている。その猛獣は、あんたの命の恩人で、わしの農園の恩人でもあるんだ。たとえどんな恐ろしげな姿でも、わしは感謝こそすれ、どうこうしようなど欠片(かけら)も思っとらんぞ」

ジェームズさんの好意的な反応に、私の杞憂(きゆう)はあっという間に吹き飛んだ。

そうこうしているうちに、私たちはランタンの明かりで照らされたハウス前にたどり着いた。

「こりゃあまた、聞いていたよりずいぶんと賑やかじゃないか。……だが、あんたの言っていた猛獣はもうおらんようだ」

え、なんで⁉ ジェームズさんの言うように、プリンスの姿はすでになかった。

だけど、かわりに、

「カーゴ！　ルーク！　もう来てくれていたんだね！」

ハウス前では、カーゴとルークが男たちの救護にあたっていた。なぜかカーゴは、今回もまたバスローブ姿だ。

「君からの通信を受けて飛んできた」

「そうそ。カーゴが姿を変え……、いや、血相を変えて出てくもんだから、俺も追ってきてみれば、血だらけの男たちが倒れてて驚いたぜ。アイリーンの姿が見あたらなくて焦ったが、無事なようでよかったぜ」

「ヴッ！」

ルークが舎弟の顔面に水を浴びせながら答えた。血を洗い流す意図はわかったが、その乱暴なやり口に、舎弟は鼻から水を吸い込んでむせた。

「うん、私は全然大丈夫！　心配させちゃってごめんね。それからふたりとも、こんな時間に駆けつけてくれてありがと──」

──コツンッ。

っ⁉　軽く頭を叩かれて、私は驚いて手が伸びてきた方を見上げた。

そうすれば、鋭いくらいに真剣なカーゴの瞳とぶつかった。触れれば切れそうな緊張感を孕んだカーゴを前にして、私は言葉を失った。

「君は本当にわかっているのか？　男三人にひとりで立ち向かうリスクを、その先にある結果を、君は一瞬でも考えたか？　無事で済んだからよかったものの、一歩間違えればどうなっていたか……」

カーゴの声に責める響きはなく、口調はむしろ穏やかだった。

「一歩間違えれば、……俺は君を失っていたかもしれないっ！」

だけど続きで、カーゴは悲痛に声を詰まらせた。

カーゴは苦しげに顔をゆがめ、私からスッと視線をはずして両の拳を握りしめた。

私は雷に打たれたみたいな衝撃に震えながら、愕然として立ちすくんだ。愚かにも、私はカーゴに言われて初めて、自分の取った行動がどんなに軽率で浅はかなものだったのかに思い至ったのだ。

私の取った行動が、どんなにカーゴの心を痛めたか……！　私は深い自責の念に駆られていた。

「……っ」

頭では謝らなければいけないと思うのに、唇は震えるばかりでまともな言葉を結ばない。だけど同時に、私は口先だけの『ごめんなさい』には、意味がないとも感じていた。心の底から私を心配して、私のために真剣に怒ってくれるカーゴ。その思いに誠心誠意応えるには、上辺をなぞらえた通り一遍の謝罪はあまりにも陳腐に思えた。

私はふさわしい謝罪が見つからぬまま、立ち尽くした。私とカーゴを中心に、場の空気がシンと静まり返っていた。

「おいカーゴ、こうしてアイリーンも無事だったんだ。そんな説教垂れなくてもいいじゃねえか。かわいそうに固まっちまってるじゃねえか。……ほらアイリーンも、あんまり気にすんなよな！」

ルークは私とカーゴの腕をそれぞれトントンッと叩いて取り成す。ルークのうしろでは、ジェームズさんも心配そうにこちらの様子をうかがっていた。

「……いきなり叩いてすまなかった。だが、次からは安易な行動を取る前に立ち止まり、必ず俺を呼んでくれ」

カーゴは私に向きなおると静かに告げる。

……状況をくんで、それにふさわしい振る舞いをするカーゴは大人だ。

だけど私は、カーゴの取り繕った表情と、どこか他人行儀な態度に、なんだか突き放されてしまったみたいな寂しさを感じた。

これがきっかけになって、胸の中に閉じ込めていた感情があふれ出た。

「ごめんなさい！」

咄嗟にカーゴの腕を掴み、叫んでいた。

「考えなしな行動をして、心配をかけてごめんなさい！　次からは考える、ちゃんと後先を考えて行動する！　……だからお願い、どうか私のこと、あきれちゃわないでっ‼」

感極まった私は、あふれる思いのまま叫んでいた。私が口にしたのは、あきれるくらい稚拙な謝罪の羅列だった。

だけどこれが、飾らない思いだった。

カーゴは少し驚いたように私を見下ろしていたけれど、すぐにクシャリと目を細くして微笑んだ。

「俺が君にあきれるなどあるわけがない。次から気をつける、それをわかってくれたなら十分だ。俺にとって君以上に大事なものなどない、君が無事で本当によかった」

「カーゴ……！」

カーゴの胸にトンッと抱きしめられて、私もカーゴの背中に腕を回してきつく抱き返した。

絶対的な安心感が私を包む。今宵の緊張や興奮も、その後の自責や後悔といった感情までもが、カーゴの腕の中にスーッと解けていくような心地がした。

広い胸にスリッと右の頬を寄せれば、トクントクンと刻む鼓動が心地よく耳に響いた。

「……ふむ。こりゃわしの出番はなさそうだな。それにしたって、あんたは相当に救護の心得があるようだ」

「ああ、ひと通りの応急処置はかじってるぜ」

その時、カーゴの胸に押しあてていたのと反対の左耳が、ジェームズさんとルークの会話を拾う。

すっかりふたりの世界に浸っていたが、ここはジェームズさんの農園で、なおかつ足もとには犯人が瀕死で転がる緊急事態だ。私は一瞬で現状に思い至り、大慌てでカーゴの腕の中を飛び出した。

羞恥で顔を真っ赤に染める私を、カーゴは余裕綽々(しゃくしゃく)の笑みで見下ろしていた。その余裕が悔しくはあるけれど、取り繕った表情を向けられるよりもずっといいと思った。

「こんなもんで十分だ。あとは放っておけばそのうちに治る」

「こりゃ見事な処置だわ」

つられて視線をやれば、ルークの手ですでに負傷した三人の処置は終わっていた。

綺麗に包帯が巻かれ、場所によっては添え木まであててある。アニキの無残に腫れ上がった顔も、きちんと血がぬぐわれて、切れた口もとにはテープが貼られていた。

「それじゃ、事情聴取といくか。ジェームズさん、すまんが場所を貸してくれるか」

「ああ、母屋の方に上がってくれ」

ルークの求めに応じ、ジェームズさんは先導して母屋の方に足を向ける。途中で男たちの台車に空容器や農薬散布機、ランタン、その他諸々の回収も忘れなかった。

「ほんじゃ、カーゴ。残りの一匹は頼んだぜ」

言うがはやいか、ルークは舎弟兄弟を引っ掴むと、両肩に乱暴に担ぎ上げた。

「ヴッ！」

「グッ！」

ふたりの苦しげな呻き声を聞くに、なんだか少しだけ気の毒に思えた。

カーゴはものすごく嫌そうに、『残りの一匹』を一瞥した。特大のため息の後、残るアニキの首根っこを引っ掴むと、ルークよりも乱暴に肩に担いだ。

「アガッ！」

アニキが衝撃に白目をむいたのを、私は見逃さなかった。

「……ううう、ひでえッス」

そうしてジェームズさんのお宅の土間で始まった、三人の事情聴取。しかし開始早々に、舎弟兄弟が泣きだした。

「俺たち栄養剤をまこうとしただけなのに、どうしてこんな扱いを受けなきゃなんないッスかぁ」

……え？　栄養剤？

舎弟のひとりが漏らした『栄養剤』の単語に、私たちは思わず顔を見合わせた。

「嘘をつくでない」

最初に動いたのはジェームズさんだった。ジェームズさんは回収してきた空容器に歩み寄ると、指の先で缶の内側をひとなでした。

「なにが栄養剤だ。こりゃあ、間違いなく除草剤だ。においもだが……ほれ、わしの指先が少量をつけただけでヌルついておる。こりゃ、除草剤の特徴だろうが」

差し出された指先は、刺激臭もさることながら、言葉通り皮膚が少しただれていた。

「ジェームズさん、はやく洗い流した方がいいです！」

「まぁ、わしは扱い慣れとるから大丈夫だが。どれ、一応洗っておくよ」

私は慌ててジェームズさんを流し台に伴った。

「どういうことッスか、アニキ⁉」

「言ってたことと違うじゃないッスか⁉」

ジェームズさんが手を濯ぐうしろでは、舎弟兄弟が驚きを隠せない様子でアニキを問いただしていた。

状況から察するに、舎弟兄弟は本気で『栄養剤』と思い込んでいたらしい。

「だ、黙れおめえら！　細っけえことつべこべ言ってんじゃねえや！」

アニキは腕に取りすがる舎弟兄弟をドンッと押しやって、声を高くした。

「……黙るのはお前だ、アニキ」

「！」

カーゴのひと声で、アニキは一瞬で押し黙った。それだけじゃない、アニキは小さく背中を丸め、哀れなくらいに体を震わせていた。

「三人で明日の日の目が拝みたければ、包み隠さずに話せ」

「ハ、ハイ！」

ヤクザも真っ青のカーゴの台詞を受けて、アニキは壊れた蓄音機のように、ものすごい勢いで話し始めた。

「あれは雇われ仕事でこの村に寄った五日ほど前のことだ。コイキ食堂の前で女に声をかけられたんだ。その日は俺、給料日前で金欠だったんだが、店の前のかつ丼の模型に思わず足が止まっちまったんだ。見れば見るほどかつ丼がうまそうで――」

「アニキ、なにみっともないことしてるんッスか」

舎弟からの突っ込みにアニキはビクリと肩を跳ねさせた。

「うるせえや！　とにかくだ、一応と思って財布を引っ張り出して見てみたら、案の定、足んねえんだよ。俺は泣く泣く商品ウインドーに背中を向けたんだな。そうしたら突然女が俺の前に出てきて、かつ丼をおごるからちょっと話がしたいって、強引に店に引きずり込んだんだよ。で、かつ丼を食いながら聞かされたのが今回の儲け話ってわけだ。女は、夜の間にヒミツの薬剤をまくだけの簡単な仕事だって言うんだよ」

「アニキ、なにが『とっておきの伝手から取ってきた儲け話』ッスか！　ヒミツの薬剤って、それめっちゃ怪しいじゃないッスか⁉　俺たちに言った栄養剤の散布って、嘘だったんッスね⁉」

「うるせえや！　そりゃあ俺だって、なんか怪しいとは思ったんだよ。だけどかつ丼食っちまった手前、断れねえだろうが。……それにほら、万が一なんかあったとき、おめえらは胸張って『栄養剤の散布』って言えた方が、微罪で済むだろうがよ」

　アニキはバツが悪そうに最後のひと言を付け加えた。

「アニキ……！」

「俺らのこと、そこまで考えてくれてたんッスね！」

　舎弟兄弟は感動の眼差しでアニキを見上げた。

「あったりめーよ！　舎弟守んねえで、ヤクザのアニキが務まるかってんだ！」

アニキの自白に、私たちは顔を見合わせていた。

「おいカーゴ、こいつらは金で雇われただけの駒にすぎねえ。今回の一件には黒幕がいる」

「わかっている」

カーゴは眉間にクッキリと皺を寄せ、再びアニキに向きなおった。

「その女の特徴と、店での会話の詳細を聞かせろ」

再びカーゴから厳しい目を向けられて、舎弟への強気な態度はどこへやら、アニキは一瞬で縮み上がった。

「は、はい。女は名乗らなかったが、若い学生だった……いや、たぶんセント・ヴィンセント王立学園の学生で間違いない。そういやコイキ食堂の会計で、校章の入った財布を出していたから」

セント・ヴィンセント王立学園の校章が入った財布！　女性がそれを持っていたのなら、必然的に女性は私の元同級生ということになる……。

とても嫌な予感がした。

「女は、『これを無事にやりきれば、自分を苦しめていた女に目に物を見せてやれる』って言ってたぜ。なんでも、その女のせいで仲間は蜘蛛（くも）の子を散らすようにいなくなって、テストにも落第したんだとよ。よくわかんねえが、かわいそうな話だろ？」

「おい⁉　仲間が蜘蛛の子を散らすようにいなくなったって、それってエヴァンやニコラ、エミリーといった取り巻きのことじゃねえか⁉」

真っ先にルークが叫んだ。

「それじゃ、テストに落第っていうのはもしかして、ロベールがヤマを張ってあげなかったから……⁉」

私とカーゴ、ルーク、三人の視線が絡む。

緊張に喉を鳴らした音が、妙に大きく響いた。

「間違いないだろう。今回の犯行の黒幕はリリアーナだ」

カーゴの断定に、私はへなへなとくずおれた。

「アイリーン！」

カーゴに腕を支えられて、なんとか立っていたけれど、内心の動揺は大きかった。

「……大丈夫よ、ありがとうカーゴ」

リリアーナは、ジェームズさんがエヴァンの買い取りに応じずに、私の店に苺を卸していることを知り、納品を停止させる強硬策に打って出たのだ。

私を窮地に追い込みたいがために、リリアーナがここまでの手段に出たことに、私は衝撃を受けていた。これまで私は、リリアーナに社会的な制裁を求めるつもりはなかった。

非常識ではあったが、リリアーナの攻撃はすべて私ひとりに向けられたものであり、他者を陥れるものではなかったからだ。

「あの女、とんだ逆恨みもいいところだ！　苺の納品を止めたいがために、なんつー馬鹿げた手段を考えるんだ！　ギリギリで止められたからよかったようなものの、一歩間違えりゃ、農家一軒つぶしてたところだぞ⁉」

いきり立ってルークが叫ぶ。

「いや、ハウス内こそ無事だったが、ハウス前の土には大量の除草剤が染みてしまった。ハウス栽培と入れ替わりで始まる露地栽培の苺の生育に影響が出ないとも限らん」

カーゴの指摘に、喉の奥がヒュッと詰まった。マイベリー村では、多くの農家が春のハウス栽培を終えた後、初夏にかけて今度は露地栽培を開始する。

……私はどうして、それに考えが回らなかったのか！　この瞬間、リリアーナへの憤りよりなにより、私は自分のした行いに凍りついた。

「……カーゴ、それは私のせいなの。私が考えなしで……っ！　ハウス内にまかれないようにって、そればっかりに頭がいっぱいで、ハウスの前で除草剤の容器を空けてしまったの！」

「いいや、それは違う。あの時の君は、君が取れる最善の策で行動している。その行動があったから、ハウスへの被害が防げたんだ。君に非がないのだから、君が思い悩むのは間違っている」

　私の告白に、カーゴは含めるように語った。

「そうだぞアイリーン。ハウス前の土への影響はしょせん、結果論だ。そんなのを気にしてちゃ、目の前の危機なんてなにも救えない。一番に守るべきハウスの苺を守ったんだ。間違いなく立派だろうが」

　ルークも力強く断言し、私の肩を鼓舞するように叩いた。

「……ふたりともありがとう。やっぱり私、ハウスにまかれる前に止められてよかった」

「その通りだ」

「あたり前だろ」

　私の答えに、ふたりは当然とばかりにそろってうなずいた。

「どっちにせよ、すべての咎(とが)はあの女だ！　まずはあの女を引きずり出して、ジェームズさんにきちんと謝罪をさせねえとならねえな！　間違ったことをしたなら、人としてそれがあたり前だ！」

「謝罪はもとより、リリアーナは金銭的な補償と、社会的な責任を負わねばならん。それが己の犯した罪に対する代償というものだ」

握った拳をわななかせて声を高くするルークに対し、カーゴの声は静かだった。けれど整然と語られる言葉の裏には、ルークにも負けない強い怒りと決意が透けて見えた。

「女への成功報告はどのように行う手はずだった？　この後女のもとに向かうのか？」

鋭いカーゴの問いかけに、アニキは壊れたように首を横に振った。

「い、いえ！　この後は行きません。女はマイベリー村の宿に滞在してますが、なんでも、夜はしっかり睡眠を取らないとお肌がどうとかこうとか……。朝は朝でゆっくり巻き髪を作りたいそうで、報告は明日の正午に行う予定でした」

ということは、リリアーナは明日の正午まで確実に宿にいる。今から自警団に連絡して、人を集めるにしても、身柄確保には十分な時間がある。

「そうか。明日の正午か……」

ところがアニキの回答に、カーゴは押し黙った。なにか考え込んでいるようで、その顔は怖いくらいに真剣だった。

「……そんじゃ、ここに置いておいても迷惑だ。俺はこいつらをいったんロッジに連れて帰るぜ。どうやら明日の昼まで事は動かなそうだしな。その様子だと、すべての決着は明日だろ?」

カーゴの様子を見たルークは、そんなふうに言いながら席を立った。

……え? 自警団に引き渡さずに、ルークが連れて?

「相変わらず察しがいいな」

カーゴはそう言って苦笑を浮かべた。

どうやら私の予想に反し、この場はいったん解散となるらしい。けれど私には、あうんの呼吸で事を進めていくふたりの意図がわからなかった。

「あんたたち、どうするつもりだ? わしとしても場所を取るその三人を引き取ってくれるのはありがたいが、自警団に引き渡さないのかね?」

カーゴたちの行動を不思議に思っていると、ジェームズさんが私と同様の疑問を口にした。

「あなたにお願いがあります」

カーゴはジェームズさんの前まで進み出ると、改まった様子で切り出した。

「急にどうした?」

「実は俺たちは、犯行を指示した黒幕の女と二カ月半前まで同じ学園に通っていました。そうして、ここにいるアイリーンは、その女の策略によって退学にまで追い込まれています」

「そうか。わけありとは思っとったが、この村に来るのにそんな経緯があったのか……」

ジェームズさんは私に労しげな目を向けた。

「学園では彼女の意向をくみ、女の悪事を公表することはしませんでした。ですが今回は、これまで女が犯してきた悪行のすべてを公表し、制裁を受けさせたいと考えています。あなたの農園への犯行も、その決着を自警団ではなく俺に任せていただけませんか？」

「そういうことならかまわんよ。だけどあんた、最初に『力になってやってくれ』と言ってきたときにも思ったが、若いのにずいぶんな行動力だ。強気な発言にしてもそうだな。その自信は、どこぞに強力な伝手でも持っているのか？」

力になって？ ……なんだろう？

ジェームズさんの前半の台詞の意味は、よくわからなかった。

「少なくともあの男の語った『とっておきの伝手』より強力であることは間違いあり

ません。とにかく被害の補償等、絶対にあなたの不利益にならないことは約束します」
カーゴの肯定と力強い断定に、ジェームズさんはすっかり虚を突かれたようだった。
脇で聞いていた私も、動揺は隠せなかった。
「……こりゃ、まいったな。それじゃあ、わしはおとなしく報告を待つことにするよ。
明日中には聞けそうかね？」
だけど疑念は、これまでにも要所要所で感じていた。その経済力、最新鋭の機器を
入手する伝手、そしてカーゴが店で広げる分厚い本は帝王学の専門書だ。
……カーゴとは、果たして何者なのだろう？
「ええ、明日中には必ず。決着がつき次第、報告に来ます」
カーゴの横顔にこれまでにない風格を感じ、無意識にゴクリと喉を鳴らした。

全員でジェームズさんのお宅を出た。

「家の鍵、どうする？　お前が夜中に戻るなら玄関の鍵は開けといてもいいが」

「いや、おそらく戻りは日の出近くになる。鍵はかけてしまってくれ」

「了解、そんじゃーな」

ルークたちとは途中で別れたのだが、その別れ際にカーゴとルークが交わしていた

会話が耳から離れなかった。

……まだ日付は変わっていない。ここから私の自宅までは十分とかからない。カーゴはこれから日の出までの時間、いったいどこに向かい、なにをしようというのか……。気になりつつも、私はどうしてか口を開くことができなかった。

ルークたちの背中が曲がり角の向こうに消えて、賑やかな声も完全に聞こえなくなってから、隣のカーゴに目線を移した。長身のカーゴの瞳は、私よりも頭ひとつ高い位置にあった。

私は意をけっして一歩踏み出すと、カーゴの腕をそっと掴んだ。腕を支えにトンッと伸び上がり、グリーンの瞳との距離を縮める。

「どうかしたか？」

背伸びしたままジッと見つめる私に、カーゴが困惑気味に問いかける。

私は満天の星々よりもいっそうまばゆいグリーンに向かって微笑んで、踵（かかと）をトンッと地面に着地した。

「ううん、なんでもない」

その瞳だけを見て、私はカーゴとプリンス、どちらのものか判断がつけられない。

だけどこの瞬間、判断などそもそもつくわけがないのだと、そう確信した。

だってその瞳は、ピッタリ同じなのだから……。

「ねぇカーゴ、今日は駆けつけてくれてありがとう。今さらだけど、まだちゃんとお礼を伝えてなかったよね？」

「君のもとにならば俺はいつ何時だって駆けつける。君を守るのは俺だ」

告げられた言葉の温度に、ドキリとした。

果たしてカーゴは、わかっているのだろうか？　自分の一言一句が、こんなにも私の心を乱していることを……。

「そういえば私ね、カーゴにプリンスが聖獣と聞いてから調べてみたの」

足を前に進めながら切り出した。

カーゴの眉がピクリと動くのを横目に見たが、それ以上の反応はなかった。

私はかまわずに言葉を続けた。

「そうしたらなんと、聖獣伝説の起源って、カーゴの故郷のカダール皇国にあったのよ。なんでも、カダール皇国建国の始祖が真白い虎の神様で、カダール皇国の皇族はその子孫にあたるんですって。カーゴは知っていた？」

私が問えば、カーゴはフッと表情を緩ませた。

「それはおかしな話だな。カダール皇国建国の始祖は真白い虎なのだろう？　君に言わせると、プリンスは『ネコちゃん』だからな」

「そうよ、おかしな話でしょ。ちなみに私なりの見解はこうよ。長い年月のうちに史実の方がねじ曲がって伝わってしまったんじゃないかって。カダール皇国建国の始祖は、本当は真白いネコの神様だったに違いないわ。だってプリンスは間違いなく『ネコちゃん』だもの」

「そうか。ならば、カダール皇国の歴史の方が間違っているのだろう」

カーゴは宙を仰ぐと、一拍の間を置いてゆっくりと口を開く。

「……この機に、俺も認識を改めなければならないな」

「え？」

「俺はずっと自分を虎だと思っていたからな。……先祖返りは生まれつきだから、もう十七年になる」

……先祖返り！

やはり、カーゴは皇族に連なる生まれ。そうしてカーゴは建国の始祖と同じ、真白いネコの姿を取れるのだ――。

「長年の認識を改めるのは、なかなか骨が折れそうだ」

悪戯っぽい口ぶりに反し、その目は真剣そのものだった。まるで私の裁可を待つかのような、そんな緊張感が見てとれた。

「変化のきっかけは、もしかして雨？」

この時、私の心の内側はとんでもなく騒がしかったのだけれど、精いっぱいの理性を寄せ集めて最大の疑問を静かに問うた。

……ちなみに、心が騒々しい要因は、聞かされた事実に対する衝撃や戸惑いばかりではない。むしろ、それらより、もっと私の心を大きく占めていたのは……。

な、な、なにそれ——⁉　『カーゴ＝プリンス≒建国の神様』って、それはいったいどんな方程式⁉

もしかして、プリンスを拝むとご利益があったりしちゃう⁉　……ハッ！　だとすると、イジワルしたら、逆に罰があたっちゃう⁉

う、う、うわぁあああ——！　めっちゃ気になる！　そんでもって、おもしろい——‼

……とまぁ、こんな感じで、どうしようもない好奇心があふれ出す。間違ったって真剣そのもののカーゴに対して、口にしていいシロモノではない。

「そうだ、変化のきっかけは雨だ。俺はいまだ獣化・人化のコントロールが完璧でない。だから雨が降ると、意思とは無関係に獣化してしまう。さらに雨足にもよるが、獣化しているときの意識も曖昧でな。……まったく困ったものだ」

カーゴは憂いを含ませて、ホゥッとひと息吐き出した。そんなカーゴを横目に見ながら、この時の私は、さらに不謹慎で自分本位な感想を抱いていた。

……獣化・人化のコントロールが完璧ではない？ これはむしろ、なかなかにおいしい状況なのでは……⁉

だって、コントロールをマスターしたら、カーゴはきっと、あえて獣姿を取ろうとはしないだろう。ならばモフり倒せるのは、今だ――！

「カーゴ！ 安心して！」

「ん？」

「これからは、私もバスローブを常備する！ だから獣化したって、なんの問題もないわ。遠慮せず、雨降りにはどんどん獣化してちょうだい！」

私は鼻息荒く言い募る。なんとか、なけなしの理性を総動員し『それで私に、心ゆくまでモフらせて！』という、本音の部分はのみ込んだ。

すると、私の発言に邪悪ななにかを感じ取ってしまったのか、カーゴが胡乱な目を向ける。

……ヴッ！

「なにやら、あまり安心できる気がしないのは俺の気のせいか？」

……ギクッ。

「え、ええ。それは考えすぎというものよ」

目が、自ずと明後日の方向に泳ぐ。声も若干、上擦る。

「……まぁいい。とにかく、ずっと隠していてすまなかった。ただしこれは、俺のみならず母国の皇族にとってもトップシークレットだ。安易に明かせない事情もあった」

「うん、わかってる。聞かせてくれてありがとう」

そこら辺の事情は察するにあまりある。四メートルのネコちゃんに化けるだなんて、そんなカミングアウトはそうそうできるものじゃない。

「当然、ここだけの話にするわ。この事実は私の胸にだけ、大事にしまっておくから」

「そうしてくれるとありがたい」

カーゴは、ホッと安堵を滲ませて、穏やかに微笑んだ。私はそれに、若干邪さの滲む笑みで応えた。

……口が裂けたって言うわけがない。

プリンスは、私だけの宝物だ。垂ぜんものの四メートルの巨大モフモフの秘密を、私はほかの誰とだって、共有するつもりはない――！

ここで私とカーゴの会話は、いったん途切れた。私たちは肩を並べ、ゆっくりと夜道を進んだ。

夜の静寂が心地よくふたりの間を満たす。同時に私の心も、とても満たされた思いだった。

……半ば、わかっていたことだった。だけどやはり、本人の口から打ち明けられるというのは、持つ意味が大きい。

それはカーゴが、私を信頼してくれているという思いの表れ……。

「ここまででもう平気よ。送ってくれてありがとう」

自宅前で足を止め、カーゴに告げる。

すると同じく足を止めたカーゴが、私を見下ろしたままスッとまぶたを閉じた。瞬きにしては少し長くつむってから、ゆっくりとまぶたを開ける。

現れたグリーンの瞳に、私の視線が釘づけになった。

「……君は、以前に俺が言った台詞を覚えているか？」

ドクンと胸が大きく跳ねた。

「うん、覚えてるよ」

もちろん忘れるわけがなかった。私はカーゴに告げられた『俺はいつか、隠しごとや秘密、心の内もすべて君と分かち合いたいと望んでいる』この台詞を、一言一句違えずに記憶している。

「明日、すべてに決着がついたら、続きを君に伝えたい」

「……うん。聞かせてほしい」

真摯な光を宿すグリーンの瞳に心が熱く震えた。瞬きをする一瞬すら惜しみ、私たちは強く見つめ合う。

「明日はリリアーナの宿に向かう前に、一度店の方に顔を出す。おやすみ」

カーゴは私に優しい微笑みを残して、ロッジとは反対の方角に足を向けた。

「おやすみなさい」

長く絡んだ目線が解け、カーゴが行ってしまっても、私の中にまぶしい微笑みの残像はいつまでも消えなかった。

翌日、カーゴは約束通りお昼前に店にやって来た。

「これからルークと共にリリアーナの宿に行ってくる」

カーゴは特段疲れた表情を見せなかったが、目の下に薄っすらと浮かぶ隈(くま)やわずかに充血したその目を見れば、昨夜一睡もしていないであろうことは瞭然だった。

私がチラリと店の奥に視線を向ければ、シーラさんが力強くうなずいて応えてくれる。

「それなんだけど、私も一緒に行っていい？　昨日のことを話したら、シーラさんが店番を買って出てくれたの」

「もちろんだ。君は当事者のひとりだ、一緒に行けるならそれが一番いい」

「おっ、アイリーンも一緒か。そうだよな、やっぱ決着は自分の目で見届けねぇとな！」

ルークがカーゴのうしろからヒョイと顔を出し、白い歯を見せた。

「あれ、ところであの三人は？」

ルークのうしろに、あの三人の姿はなかった。

「怪我もあるしロッジに残してきた。だがあいつら、安静にするどころか自ら志願して、朝からロッジの掃除に精を出してる。えっらい真面目に台所やら風呂場やら、普段手が回らない細部までプロ級の掃除テクを披露してるぜ。奴ら、アイリーンの家も掃除させてほしいって言ってたぜ」

「それじゃあ今度、お言葉に甘えさせてもらおうかな」

……なるほど、ジェームズさんの言うように体は頑丈なようだ。

そして便利屋の彼らにとって、きっと掃除は最も依頼の多い仕事のひとつ。その手腕は間違いなくプロ級と言えるだろう。

「早速宿に向かおう」

「うん！　すみませんがシーラさん、後をよろしくお願いします。いってきます」

「こっちのことは心配しないで。気をつけてね」

私はエプロンをはずすと、気を引きしめなおしてカーゴとルークに続いた。

リリアーナが泊まっているマイベリー村に一軒だけある宿は村の西端、王都を背にしてお店からさらにカダール皇国側に進んだ場所にある。

「アイリーン！」

「きゃっ⁉」

宿に向かう道中、カーゴが突然、私を胸に抱きしめて道端に押しやった。

直後、うしろからやって来た大型馬車が石ころをまき散らしながら、ものすごい勢いで私たちの横を通り過ぎていった。

「大丈夫か？」

チラリとしか見えなかったが、黒塗りの高級馬車の側面には貴族の紋章が描かれていたようだった。

どこかで見たことのある紋章のような気もしたが、思い出すには至らなかった。

「うん、平気よ。ありがとう。……それにしてもなんだか今日、やたらと馬車が多いよね？」

実は、ここまで私たちを追い越していったのは今の馬車だけではなかった。しかもそれらは皆、ものすごく急いでいる。

「そりゃあ、身にうしろ暗いところのある奴はこぞって駆けつけてくるだろうよ」

私の疑問に、ルークが謎の答えを返す。

真意を問おうと口を開きかけたその時、宿前に広がる異様な光景に気づき、視線が釘づけになった。

「……え？　なにあの黒山の……馬車」

私の意識が、一瞬で宿前からあふれる馬車に向く。

それもそのはず、そこにはマイベリー村ではとんと目にしたことのない最新鋭の高級馬車が十台近くも停まっていたのだ。そうして漏れなく、すべての馬車に貴族の紋章がついている。

中には、石ころを巻き上げて、私たちを追い越していった馬車もあった。

……あれ？　あの奥の馬車……セント・ヴィンセント王立学園の校章が描いてあ

る！

「おーおー、よくもまぁ王都からひと晩で、こんだけ多くの馬車をやって来させたもんだ。お前いったい、どんな脅しをかけたんだよ」

聞こえてきたルークの言葉に首をひねる。

王都からマイベリー村まで、最新鋭の馬車を休まずに走らせて所要時間はおよそ十時間。昨夜、ジェームズさんのお宅を出たのが午前零時前。そうして現在、翌正午……。

もしこれがルークの言葉通り、カーゴがなにがしかの脅しをかけたことで集まったのだとしたら、時間の計算が合わない。

……そう、『疾風のごとき速さで駆けることができる』聖獣ででもない限り、この短時間でこんなに多くの人を招集することはできない。常人にはなせない技だ。

「人聞きが悪いことを言うな。俺は脅しはおろか、村まで来いだなんてひと言も言っていない。俺はただ、今日の正午、宿の宴会場でセント・ヴィンセント王立学園でリリアーナが犯した悪事、それをうのみにしてアイリーンを退学に追い込んだ教師らの無能さ、そして昨夜の一件、それらのすべてをつまびらかにすると記した書面を、学園長以下教師らと当該生徒らの枕辺に置いて回っただけだ。もちろんリリアーナの実家の子爵家当主の枕辺にもな。せっかくだからな、ついでに学園正門にお前が撮ったあの写真も張り出しておいた」

え!? 写真って……!

カーゴはあっさりと口にしたが、写真もまたモールスと同様に、発明されたばかりの最新技術だ。

「俺が礼拝堂で撮ったあれか! リリアーナの取り巻きが礼拝像を壊してるのを見て、咄嗟に撮影したんだよな。後で現像したら、窓越しに腕組みして高笑いするリリアーナが映ってて俺は爆笑したぜ」

……国王一家の肖像写真が初めて国民に向けて公開されたのが数年前。その写真にまさか、リリアーナの悪事のひとコマを収めていようなど、いったい誰が想像できるだろう。

携帯式の撮影用カメラ……。考えるのも恐ろしいが、その価値は一国の年間予算にも相当するのではないだろうか。大きな衝撃に、目をパチパチとしばたたく。

そして私が行ったとされる最後の悪事はまさか、罰当たりゆえにないだろうと踏んでいた礼拝像の破壊だった……。こちらもまた、初めて知る衝撃の事実だ。

「偶然の産物だが、あれはいい仕事だった。実際の光景を切り取った証拠を前にすれば、言い逃れの余地はないからな。ちなみに、リリアーナの悪事に加担した者の書面には、事実を証言すれば犯した罪の減軽を検討すると付け加えた」

「……それ、最強の脅しだろうが。教師たちやリリアーナの実家はもちろん、礼拝像を破壊した奴らも慌てふためいてマイベリー村にやって来るに決まってら」

……十台近くもある、馬車の正体が知れた。先のルークの言葉通り、あれは身にうしろ暗いところのある教師や同級生を乗せた馬車……！

「馬車は、……八台、九台か。すでに役者はそろっているようだな。行くか」

あらかじめ話が通っているようで、カーゴに続いて入館すればすぐに、宿の主の先導で【セント・ヴィンセント王立学園ご一同様貸し切り】とでかでかと札が掲げられた宴会場に案内された。

横開きの扉が宿の主の手で開かれる。

目にした瞬間、思わず足が止まった。宴会場には、すでに該当者全員がそろっていたのだが、驚くべきはその席配置だった。

……え、なにこの前世日本の法廷を模したかのような席配置は——⁉

「さぁ、アイリーン。君の席は俺の隣だ」

カーゴは怯む私の背を笑顔で押して、宴会場の前方、一段高いひな壇の上に設えられた椅子に着席させる。

……え？　ちょっと待って⁉　だって、この席はどう考えてもおかしい。前世日本に被害者参加制度はあっても、その席は間違っても裁判官の隣じゃない……！

前言は撤回で、これはむしろ法廷とはほど遠い独裁場だ――‼　私は混乱覚めやらない脳内でひとり叫んだ。

ちなみに、最終的な席配置はこうだった。裁判官席にカーゴ。その隣に私。

検察官席にルーク。書記官席にはまさかの、宿の主が着いた。

そうして被告人席に、不満を前面に押し出したリリアーナ。弁護人席に、苦虫を噛みつぶしたかのような学園長と教師たち。

証言台には破壊行為を行った生徒たちが真っ青な顔をして立ち並ぶ。その手には皆、メモ書きや手紙など、リリアーナ指示の証拠となり得る物を握っている。

傍聴席には、生徒の親たちが着いていた。

……あ、あれ！

私は傍聴席の中央で顔を真っ赤にさせたコルトー子爵を見つけ、同時に、石ころを飛ばしながら猛スピードで駆けていった馬車の正体に思いあたる。そうだ、あれってたしかコルトー子爵家の紋章だ。リリアーナの父親であるコルトー子爵は、外交大臣を務め、表舞台で華々しく活躍をする時の人だ。妻亡き後、ひとり娘を慈しんで育てる子煩悩で温厚な人柄として、ゲーム内でも描かれていた。

ならばあれは、リリアーナを心配するあまり、脇目も振らずに駆けつけたということなのだろう。

「これより審議を開始する」

高らかに響くカーゴの開廷宣言に、ざわつく宴会場は一瞬で水を打ったように静まり返った。

人定質問、起訴状朗読、被告事件に対する陳述と、カーゴが見事に取り仕切り、審議は粛々と進む。

朗々と読み上げられる自らの所業に、平静を装いながらも、リリアーナの眉間にはクッキリと皺が浮かぶ。その口もとも、ヒクヒクと引きつっていた。

だけどそれも道理で、カーゴの進める審議にはいっさいの容赦がなく、証拠固めまで完璧になされている。あまりの追及の鋭さに、横で聞いている私の身の毛もよだった。

さらに、続く証人尋問では、生徒らの口からリリアーナ指示の詳細が続々と明かされていく。

悪事が暴かれる都度、法廷には『覚えていない』『その者が、私の知らぬ間にやった』『自分は指示していない』等々、前世日本の政治家の弁明にそっくりな台詞が響き渡った。

……あれ？　私はここで、ふと、リリアーナにいつものスポットライトがあたっていないことに気づく。

いつもならここで、ババンッ！とライトがあたり、リリアーナにめいっぱい悲壮感を演出して、彼女を一躍悲劇のヒロインに仕立て上げているはずだった。

だけど今、リリアーナにはスポットライトはおろか、差し込む後光もなければ、周囲を舞う光のシャワーだってない。

……なんだろう？　単にマイベリー村ではヒロイン補正が効力を発揮しないだけ？

あるいは、ゲームが終わってしまったのか……？　なんとなく、この可能性が高いような気がした。

どちらにせよ、『桃色ワンダーランド』の圧巻の照明技術や演出が、今のリリアーナに発動していないことはたしかだった。

そうして証人尋問の後半、リリアーナが戦法を変えて泣きだした。

「うっ、ぅぅ……。だって、仕方なかったのよ……。ぅぅぅぅっ。私には、ああするしかなかったの……、ぅううっっ……」

リリアーナの嗚咽まじりの叫びが法廷に響いていた。

ヒロイン補正が気になって、私は証言台の生徒ではなく、リリアーナを注視していた。だから、彼女の涙が目薬によって偽装されたものだと知っている。

それでも私には、いつもの自信満々な姿とは対極の丸い背中が、なんだか哀れに思えた。

そうこうしているうちに、証人尋問で証言台に立った最後の生徒が運び出されていく。……そうなのだ。カーゴの厳しい追及を真正面から受けて、証言をした生徒らは全員が、証人尋問後に心神耗弱状態となって、宿の従業員に運び出されているのだ。

「証人として証言した生徒らは、一カ月の学外奉仕活動をもって、その罪を不問とする。ただしこれが適正になされぬときは、証拠写真を世間に向けて公表する」

カーゴが傍聴席に向かって宣言すれば、保護者らは我が子の学外奉仕活動を誓い、与えられた温情に感謝し、涙にむせんだ。

……なんという独裁！　いくら配置が法廷に似ていても、やはりここは法廷ではない。カーゴの見事な独裁を前にして、私の目は点になっていた。

「これより被告人質問に移る」

カーゴの声に、リリアーナはふて腐れた様子で明後日の方向を向いた。その態度に反省の色はまるでなく、とても投げやりだ。ちなみに目薬で作った涙は、とっくに乾ききっている。

当然、そんな彼女が被告人質問の場で自発的に供述するわけもなかった。

「――最後に、この場でなにか言っておきたいことはないか」

ところが被告人質問の終盤、カーゴがしたこの質問に、初めてリリアーナは口を開いた。

「……悪いのは私じゃない！　……だって、アイリーンが悪いのよ！　この私を差し置いて目立とうとするから……っ」

リリアーナは怒りで肩を震わせながら、噛みつくように訴えた。

それは、ただの言い訳や言い逃れにしか聞こえない、稚拙な責任転嫁の言葉だった。

だけど私は、これこそが、これまでのはぐらかしや泣き落としとは違う、リリアーナの心の声なのだろうと、そう思った。

……でもさ、私が目立とうとするってなんだろう？　『桃色ワンダーランド』の舞台の学園で、ヒロインのリリアーナ以上に目立つなんてこと、あるわけないのに……？

「この馬鹿娘が！　そなたを後継ぎと定めておらんかったのが不幸中の幸いじゃった。わしは先だって妾が生んだ男児を正式に次期子爵に指名する。お前は勘当だ！　お前には愛想が尽きた。わしはもうお前のためにびた一文だって払ってはやらんからな！　のたれ死にしようが娼婦に身をやつそうが、勝手にするがいい。コルトー子爵家にこれ以上泥を塗る前にさっさと出ていけ！　この恥さらしが‼」

突然、傍聴席からリリアーナの父親が激昂して叫んだ。

リリアーナがビクリと肩を跳ねさせて、父親を振り返る。

「……お父様」

その目はこぼれ落ちそうなくらい見開かれ、唇は気の毒なほど震えていた。歯と歯がぶつかって立てるカチカチという音が響き渡った。

「コルトー子爵、俺は貴殿の発言を許していない。これ以上審議を乱すことは許さん」

カーゴの地を這うような声を受け、コルトー子爵は黙った。

「チッ！　この若造が！」

私の耳にはしっかりとコルトー子爵が吐き捨てた悪態が届いていた。けれどカーゴの耳には届いていなかったのか、特段の追及はなく審議は再開された。

そうして証拠調べが終わり、審議は終盤に差しかかる。

「……あの」

刻一刻と近づく閉廷を前に、私はついに、おずおずと右手を上げた。

「どうしたアイリーン？」

「私から、リリアーナに質問をしてもいいでしょうか？」

「もちろんだ」

カーゴの許しを得て、リリアーナに向きなおる。けれど、彼女と私の目線は合わなかった。

実は父親が叫んだあの一件の後、法廷が始まってもずっと強気を崩さなかった彼女の態度は一変した。かわいそうなくらい委縮して、細い体を小刻みに震わせていた。

今もリリアーナは頬に滂沱(ぼうだ)の涙を伝わせて、空虚な目をして抜け殻のように座っていた。

特段、意図があったわけではないのだが、気づいたときには席を立ち、私はリリアーナへと歩み寄っていた。おそらく、一段高くなったひな壇の上から問いただすことはしたくないと、無意識下でそう思ったのだ。

「ねぇリリアーナ、どうしてこんなことをしたの？」

腰を屈め、目線の高さをそろえて問えば、リリアーナは緩慢に顔を上げた。視界に私を映すと、リリアーナはクシャリと顔をゆがめた。

「……なんとしても在学中に、名門貴族の男子生徒を許嫁に定める必要があった。それも、当家が抱えた膨大な借金を補えるだけの財力を持った生徒でなければ駄目……。そうしてそれを成すことが、コルトー子爵家のひとり娘である私の存在価値だと信じていた。立派な許嫁を連れて帰れば、お父様が私を認めてくださると……っ」

リリアーナは声を詰まらせた。

……リリアーナの犯した行為は、いかなる理由があれ許されるものではない。けれど聞かされた犯行動機は、私の心に重く影を落とした。

「許嫁を決めるために、なぜ私を陥れる必要があったの？」

私のしたこの質問に、すっかりかつての傲慢さが鳴りを潜めたリリアーナが、ほんの少し鼻白む。

生き人形のように、色のなかったリリアーナの瞳に、感情が灯る。それを目にして私が感じたのは、驚くべきことに喜びだった。

陥れられ、無実の罪を着せられて腹に据えかねていたのは事実……。だからといって、感情の色をなくし、抜け殻のようになったリリアーナを見ることが望みではない。

「学園のプリンセスを蹴落とさないことには、始まらないでしょう？」

「え？　……学園の、プリンセス？」

「知らぬは本人だけ。これだもの、嫌になっちゃうわね。……入学式からずっと、男子生徒はあなたの姿にざわめいていたわ。ううん、男子生徒ばかりじゃないわ、女子生徒も羨望の眼差しを向けていた。どこか異国情緒を感じさせる暗褐色の瞳と、あどけない顔立ちとは対照的な落ち着き払った所作。あなたは文句なしに魅力的で、目立っていた」

……聞かされた内容は、即座にのみ込むことができなかった。

「それは見た目だけじゃなかった。あなたは誰に対しても公平でいつも優しくて……。でも、私にはそれが偽善者にしか見えなかった。表の顔にみんな騙されている、そんな完璧な人間なんているわけないって思ったわ」

リリアーナはここでいったん言葉を区切ると、私に向かってスッと目を細くして、ゆっくりと続けた。

「……今となっては思うんだけど、きっと私もあなたに羨望の眼差しを向けた女子生徒のひとりよ。ものすごく認めるのは癪だけれどね。だけど事実、気になって、目が離せなくて……。それで結局、私が取った行動はあれだった」

「……」

これまでの彼女の数々の悪行からは、とうてい予想などできるはずのない、まさかの回答を前にして、私はすっかり言葉に窮した。

結局、どんなに頭を巡らせても返す言葉は見つからず、やっとのことでひとつ、うなずいてみせるのが精いっぱいだった。

「では審議に戻る」

カーゴの声が沈黙を割り、それを受けて私はしずしずと席に戻る。チラリと目線を向ければ、リリアーナは幾分しっかりとした目で正面を見据えていた。

再開された審議では、検察官役に扮したルークが、今回の学園内での一件をセント・ヴィンセント王国の教育庁に報告を上げたこと、これから言い渡す判決が教育庁からも公認を得た正統な沙汰であることを論じた。

ルークの論告に、その目にありありと不満の色を滲ませて、隙あらば反論の口を開こうとしていた学園長以下教師らが押し黙る。もっとも、『教育庁の公認』と聞かされてしまえば、それも道理だろう。

「これより各人への判決を言い渡す。学園長は今年度分の給与、ならびに学園長手当てを返納。担任教諭、学年主任教諭の両名は、三カ月分の給与返納のこと」

カーゴが言い渡した判決にも、反論の余地を完封された三人はうなだれたままだった。

「リリアーナ、ならびにリリアーナの保護責任者であるコルトー子爵への判決を言い渡す」

「待て！」

カーゴがリリアーナ父子への判決を言い渡そうとしたまさにその瞬間、コルトー子爵が声をあげた。

「先にも言った通り、わしはあの馬鹿娘とは親子の縁を切った！　あの馬鹿娘はすでに赤の他人で、そんな者の尻ぬぐいなど、わしは御免だ！」

「詭弁だ。たとえこれから親子の縁を切ろうとも、犯行時の親子関係は明白。既存の損害に対し、貴殿は弁済の義務を持つ」

「だな。これはセント・ヴィンセント王国法でも基本だな。ろくすっぽ法律学の授業を受けてなかった俺だって知ってるぜ？」

激昂して叫ぶコルトー子爵にカーゴは取り合わない。ルークもヒョイと肩をすくめて付け加えた。

すると突然、悪鬼のごとく顔をゆがませたコルトー子爵が傍聴席を飛び出して、被告人席のリリアーナに掴みかかった。

「……そもそもはお前だ、この疫病神が‼　お前は死んだ母親にそっくりだ！　やっとあの女が死に、清々したと思っていたのに！」

「っ！」

「おいおっさん！　やめろ！」

私が慌ててコルトー子爵を止めようと席を立つが、それよりもはやくルークが駆けていって子爵の腕を取った。

しかし、動きこそ力で止められても、コルトー子爵の暴言は止まらない。

「お前はどこまで頭が悪いのだ！　オークウッド伯爵家など、弱小貴族出身のあの小娘のどこが学園のプリンセスだ⁉　なにが異国情緒を感じさせる暗褐色の瞳だ！　そんなのはオークウッド伯爵が、異国女でも孕ませて産ませた混血に違いないわ！　女とは、ほんに浅はかじゃ。まったく、醜い嫉妬に目を曇らせ――」

コルトー子爵の言葉は最後まで続かなかった。

――ガッシャン――ッッ‼

気づいたときには、コルトー子爵は遠く扉まで吹き飛んでいた。

「妃への侮辱、許さんぞ」

……え？

地響きみたいなカーゴの声と、立ちのぼる怒りの波動に、この場にいる全員が固まった。

一歩、また一歩と、カーゴがコルトー子爵に歩み寄る。

「……うぅ、うううっ。……き、きさき？」

コルトー子爵が折れた鼻から噴出する血を押さえ、ガタガタと震えながらつぶやく。

「そなた、先ほど俺を若造と侮っていたな？　たしかに、年若いというその一点に異存はない。だが俺はカーゴ・アル・カダール。カダール皇帝の唯一の嫡子にして、皇位後継者だ」

耳にした瞬間、キーンとした共鳴音が響き渡り、目の前が真っ白に染まる。

……カーゴがカダール皇帝の、……次期後継者？

「皇位継承の条件的なとこ、だいぶ端折(はしょ)ってっけどな」

ルークのボソリとしたつぶやきは、当然耳を素通りした。

カーゴ本人から聞かされて、彼が皇族に連なる生まれだと知っていたし、少なからず好意を寄せられているという予感もあった。

だけど、まさか彼が次期カダール皇帝だなんて、思ってもみなかった。だって、次期皇帝に望まれるということは、同時に未来の皇妃として望まれるということだ。

私が未来の皇妃様なんて、そんな大それたことを、どうして想像できるというのか。

「俺はそこにいるアイリーンと将来を誓った仲だ。外交大臣の任にあるそなたが、カダール皇国の次期皇妃に吐き捨てた暴言の数々、許してはおかん。皇族への侮辱は重大かつ、両国間の和平すら揺るがす脅威だ。セント・ヴィンセント王に直訴し、普遍的管轄権を主張する。そなたに対し、カダール皇国の法を適用し、不敬罪での処罰を望む」

この時の私は、体勢を保って座れていることが不思議なくらい、全身の感覚がなかった。

鳴りやまぬ共鳴音には、ドクンドクンと巡る血脈が重なって、頭の中が沸騰してしまうんじゃないかと思った。

視界は、相変わらず真っ白だった。だけどその真っ白な視界の中で、唯一カーゴだけが、たしかな輪郭を持って浮かぶ。

ただしそれは、実際の色味とは別のもの。立ちのぼる威厳が、カーゴを浮き上がらせていた。

私は目を見開いたまま、瞳にカーゴを映していた。

「……な、な、な」

コルトー子爵のわななく唇は、まともな言葉を紡げずに同じ一音のみを繰り返した。

「借金を抱えていると言っていたか？　だが、安心せよ。爵位の剥奪となれば、領地返納により借金も相殺される。ジェームズ氏の農園への補償もそこから賄えよう。もちろん、そなたは借金がないかわりに、裸一貫で世に出ることになるがな」

コルトー子爵は極限まで目を見開いてガタガタと震えるばかりで、これ以上はもう一音だって発することはなかった。

「リリアーナ、そなたへの罰もこれに準ずることとなる。そなたの家はなくなり、当然実家からの援助は断たれる」

「はい」

カーゴに対し、リリアーナはことのほかしっかりとした声で返事をした。

「そなたはこれから十八歳まで、女子修道院に身を寄せることになる。隣町の女子修道院にすでに入所の手はずを整えてある。そして、そこからジェームズ氏の農園に通い、自らの手で除草剤で汚染された土の入れ替え作業を完遂させるのだ。それをやりきれば、十九歳以降は修道院に残るも出るも自由だ。進退は己で決めるがいい」

「っ、……ありがとうございます」

リリアーナは言葉を詰まらせて、カーゴに向かって頭を下げた。

罰というよりも、更生に特化した裁決……。ううん、むしろこれは、実質的には支援といえるだろう。

実父から見捨てられたリリアーナに、十八歳まで生活の場と後見を与えたのだ。

カーゴの采配に、全員が言葉をなくしていた。私もまた、言葉なくカーゴを見つめていた。


閉廷した宴会場から、保護者らが順次退席してゆく。自分の足で立ち上がることもままならないコルトー子爵は、宿の従業員に運び出された。

リリアーナは父親が運び出されていく様子には目を向けず、カーゴの許しを得て私のもとにやって来た。

「謝って許してもらえるものではないと承知しているわ。だけど、あなたに大変な迷惑をかけたこと、本当にごめんなさい」

父親の一件が吹っ切れたのか、その表情は憑き物が取れたようだった。

「うん。これから始まる修道院での生活と農園での汚染土の入れ替え、大変だと思うけれどがんばって」

「まったくだわ。身から出た錆とはいえ、ずいぶんと高い代償を払うことになってしまった。やっぱり、学園のプリンセスになんて、うかつにちょっかいを出すんじゃなかったわ」

ため息をつきながら、リリアーナは唇を尖らせる真似をする。

「……もう、相変わらずね」

その姿に、私は彼女の強さと逞しさを感じていた。きっとこの後、彼女は己の罪を償いながら、しっかりと日々を過ごしていくだろう……。

「それじゃあね、リリアーナ。機会があったらまた会いましょう」

「私はごめんよ。プリンセスにはもう、こりごり。しかも一国のプリンセスだなんて、ますます冗談じゃないわ。……さようなら、アイリーン」

リリアーナは苦笑してヒョイと肩をすくめると、くるりと踵を返し、迎えの使者と共に修道院へと旅立っていった。

その背中を見送りながら、私は考えていた。

『桃色ワンダーランド』が終わり、リリアーナはゲーム内のヒロインではなくなった。だけど本当の始まりはここからで、彼女はこれから、自分自身の人生という長い舞台のヒロインになる。そしてその舞台こそ、リリアーナが真に輝ける場所に違いない……。

「アイリーン」

カーゴにトンッと肩を叩かれて、大仰なくらいビクリと体が跳ねた。

扉の方に向けていた目線を巡らせれば、いつの間に移動をしたのか、私のすぐ横にカーゴが立っていた。

「そんじゃ、俺は先に行ってここの会計を済ませとくぜ」

「すまないな」

ルークが宿の主と共に出ていくと、宴会場には私とカーゴのふたりが残った。

「……大変なことを言っちゃったわ」

カーゴの瞳を真正面から見つめることがはばかられ、床に目線を落としたままつぶやいた。発した声は、ひどくこわばっていた。

「なにが大変なんだ？」

カーゴの声は、いつもと同じ。低く、耳に心地いいバリトンボイス……。

「前に言ったこと、覚えてる？　プリンスに、あなたの一生面倒見るだなんて言って、未来の皇帝陛下に対して不敬もいいところね」

……頭では、わかっていた。次期皇帝という尊い身分を知ったからといって、私の知るカーゴが変わってしまったわけではない。

むしろ、その身分に気後れし、勝手に垣根を作っているのは私だ。だけど、一皇族という認識と、次期皇帝陛下という事実の間には、あまりにも隔たりがあった。

「望むところだ」

「え？」

カーゴが返した不可解なひと言につられるように顔を上げれば、輝くグリーンの双眸とぶつかった。

「君に養われるのなら、望むところだ。俺が望むのだから、不敬もなにもない」

真っ直ぐに私を見つめるグリーンの瞳の強さに、ゴクリと唾をのんだ。

「アイリーン、次代の皇帝という身分もひっくるめて俺だ。どうか先の言葉を反故にしないでくれ」

……先の言葉とは、いったいなんのことだろう？

「俺はもう、君がいないと駄目だ。俺の一生、君が責任を持って面倒を見てくれ。おいしいスイーツもいくらだって食べさせてくれ」

戸惑う私に告げられたのは、プリンスを二度目に店に迎え入れたとき、私が彼に伝えた言葉！　しかも同じ台詞がそっくりそのまま、カーゴの言葉として使われているではないか……！

緊張に、ゴクリとひとつ唾をのむ。

……ど、どうしよう。

プリンスの一生、私が責任を持って面倒を見ることに異存はなかった。

もちろん、プリンスにおいしいスイーツをいっぱい食べさせてあげることにも異存なんてなかった。

ところが現在、カーゴを示す方程式は『カーゴ＝未来の皇帝陛下＝プリンス≠建国の神様』とますます複雑になっているのだ。これを念頭に入れれば、カーゴを一生面倒見ていくのも、カーゴを一生食べさせていくのも、現実的に考えて……。

「苦しいなぁ」

これ以上、面倒ごとを抱えては頭から火が出そうだ。とにもかくにも、まずは頭を冷やしたい。

さて、カーゴになんと答えたものか……。

「苦しい、か……」

すっかり物思いに浸っていると、心の中でつぶやいたはずの台詞が、頭上のカーゴに反復された。

……やだ、悪いことをしちゃったわ。

どうやら私は、意図せず心の声を漏らしてしまっていたらしい。申し訳なさを覚えつつ、頭上のカーゴに目線を向ける。

するとなぜか、見上げた先には満面の笑みを浮かべるカーゴが……！

え⁉ この状況で、いったいどこに笑う要素があったっけ⁉ まばゆいばかりのカーゴの笑みを前にして、私の脳内は大混乱に陥った。

「同じだな。俺も、アイリーンが愛おしすぎて胸が苦しいんだ。……アイリーン、君は俺とずっと一緒だ。君がプリンセスだ」

カーゴが私の指先をキュッと握る。その直後、手の甲にやわらかな感触が押しあてられた。

っ！

……くらくらした。

美貌の皇子様が私の手に口づけて、甘やかに微笑む。この瞬間、まるで自分が恋愛シミュレーションゲームの中のプリンセスにでもなったような、そんな心地が……。

ハッ‼

「ご、ごめんカーゴ！ 私はもう、ゲームからは綺麗さっぱり足を洗ったのよ！ だから――」

「待ってくれアイリーン、それは――」

――コンッ、コンッ。

「おいカーゴ、帰れるか？　そろそろ次の宴会の準備に取りかかるそうだぜ」

その時、ノックと同時に扉が開き、ルークがひょっこりと顔を出す。

「とにかく、私、もうお店に戻らなくっちゃ！　それじゃあね！」

……『桃色ワンダーランド』のゲームは終わった。それは同時に、悪役令嬢としての私の役目が完全に終わったことを意味している。

時がきたら、カーゴには転生の秘密を打ち明けることもあるかもしれない。だけど今はまだ、この秘密は私の胸にしまっておく。

「アイリーン、話はまだ――」

「うおっ⁉」

私は、ルークが開けた扉の隙間からヒラリと身をすべらせると、カーゴの制止を振り切って脱兎のごとく宴会場を飛び出した。

「……なんだぁ、今の？　まるで逃げるように……ははーん？　さてはお前、なんか彼女の機嫌を損ねるようなちょっかいを……」

――ペチコンッ！

「イデッ！　なにしやがる⁉　……わ、悪かった。今のはほんの冗談だ、だから俺に八つ当たりをするなよ。な？　元気出せって」

「……グァォオオオ——ンッッ‼」

「って、声帯だけ獣化してほえるって、どんだけ器用なんだよ⁉」

「クゥウン……。キュゥッ、キュゥン……」

宴会場から漏れるふたりのやり取りを、遠く背中に聞きながら、私は真っ直ぐにカフェを目指した。

……私はもう、都合のいいゲームの世界に夢は見ない。しばらくはこの村で、のんびり暮らすんだ。

ということで、カーゴには申し訳ないけれど、プリンセスの座はひとまず回避だ。

「もちろん、プリンスとした約束は有効で、永久予約をしたモフモフ天国を返上する気はないんだけど……。まぁ、とにもかくにも、今は苺カフェを軌道にのせて、のんびり暮らせる環境をゲットしないとね」

私は希望に満ちた未来のスローライフに向かって、大きく一歩を踏み出した——。

お手に取っていただきまして、ありがとうございます。楽しんでいただけましたでしょうか？　え、まだ楽しみ足りない？　では、さらにお楽しみくださいませ！

★お礼モフモフ小話★　～プリンスを堕落に導く魔法の櫛～

「とても素敵です！　ご無理を聞いていただいて、本当にありがとうございました！」

私は来店したつげ櫛屋さんで、特注品の櫛を受け取って感嘆の声をあげていた。

「……なぁアイリーンさん、あんたそのでっかい櫛でいったいなにを梳るんだい？」

「はい、とびきり艶やかな白毛を梳ります！」

私が答えた瞬間、ご主人と奥さんは岩のごとく固まった。ふたりの反応を若干疑問に思いつつ、モフモフの毛繕いの想像に忙しかった私は、華麗にこれをスルーした。

「それじゃあこれ、お代です！　素敵な櫛のお礼に、こちらもよかったらどうぞ！」

私は奥さんに代金と、カフェで使えるドリンクとスイーツの引き換えチケットを手渡すと、特大のつげ櫛を抱えて、スキップで暖簾をくぐった。

「もしかしてアイリーンさんには、高齢で多毛の白髪頭の彼氏でもいるんだろうか？」

「あら、私はボンバーヘッドを脱色したヤンキーを想像したわ。どちらにせよ心配ね」

浮かれた私の耳に、つげ櫛屋さんご夫婦の憂いを含んだささやきは届かなかった。

「雨、雨、降れ降れ、はやく降れ～♪　モフモフ天国、嬉しいな～♪」
◇side カーゴ◇
雨降りのその日、俺が店内に客の姿がないのを確認して扉をくぐると、アイリーンが待ち構えていた素早さで胸に飛び込んだ。熱烈な歓迎に、俺の目はハートになった。

「いらっしゃいプリンス！　実は私、あなたにとびきりいい物を用意しているの！　ずーっと雨降りを待っていたのよ！　さぁ、こっちに来て」

……な、なんだ!?　この、危険な気持ちよさは――!?　彼女に伴われて向かった先で始まった毛繕いに、ハートになっていた目が一瞬でとろけた。

「ふふふふ。プリンスったら、とろけた目をしてる。気持ちいいのね？」

彼女が、俺を堕落に導く魔法の櫛で、優しく全身をなで上げる。……気持ちいいところじゃない。ここはまさに、天国だ！　俺はアイリーンが誘う至福に酔いしれた。

友野紅子（ともの こうこ）

友野紅子先生への
ファンレターのあて先

〒104-0031
東京都中央区京橋1-3-1
八重洲口大栄ビル7F
スターツ出版株式会社　書籍編集部　気付

友野紅子先生

本書へのご意見をお聞かせください

お買い上げいただき、ありがとうございます。
今後の編集の参考にさせていただきますので、
アンケートにお答えいただければ幸いです。

下記URLまたはQRコードから
アンケートページへお入りください。
https://www.berrys-cafe.jp/static/etc/bb

この物語はフィクションであり、
実在の人物・団体等には一切関係ありません。
本書の無断複写・転載を禁じます。

追放された悪役令嬢ですが、モフモフ付き!? スローライフはじめました

2019年10月10日　初版第1刷発行

著　者　友野紅子
© 友野紅子 2019

発行人　菊地修一

デザイン　hive & co.,ltd.

校　正　株式会社　文字工房燦光

編集協力　佐々木かづ

編　集　鶴嶋里紗

発行所　スターツ出版株式会社
〒104-0031
東京都中央区京橋1-3-1　八重洲口大栄ビル7F
TEL　出版マーケティンググループ　03-6202-0386
(ご注文等に関するお問い合わせ)
URL　https://starts-pub.jp/

印刷所　大日本印刷株式会社

Printed in Japan

乱丁・落丁などの不良品はお取替えいたします。
上記出版マーケティンググループまでお問い合わせください。
定価はカバーに記載されています。

ISBN 978-4-8137-0773-8　C0193

ベリーズ文庫 2019年10月発売

『【甘すぎ危険】エリート外科医と極上ふたり暮らし』 日向野ジュン・著

病院の受付で働く蘭子は、女性人気ナンバー1の外科医の愛川が苦手。ある日、蘭子の住むアパートが火事になり、病院の宿直室に忍び込むも、愛川に見つかってしまう。すると、偉い人に報告すると脅され、彼の家で同居することに!? 強引に始まったエリート外科医との同居生活は、予想外の甘さで…。

ISBN 978-4-8137-0767-7／定価：本体640円＋税

『イジワル副社長はウブな秘書を堪能したい』 滝井みらん・著

OLの桃華は世界的に有名なファッションブランドで秘書として働いていた。ある日、新しい副社長が就任することになるも、やってきたのは超俺様なイケメンクォーター・瑠海。彼はからかうと、全力でかみついてくる桃華を気に入り、猛アプローチを開始。強引かつスマートに迫られた桃華は心を揺さぶられて…。

ISBN 978-4-8137-0768-4／定価：本体640円＋税

『お見合い求婚～次期社長の抑えきれない独占愛～』 伊月ジュイ・著

セクハラに抗議し退職に追い込まれた澪。ある日転職先のイケメン営業部員・穂積に情熱的に口説かれ一夜を過ごす。が、彼は以前の会社の専務であり、財閥御曹司だった。自身の過去、身分の違いから澪は恋を諦め、親の勧める見合いの席に臨むが、そこに現れたのは穂積！ 彼は再び情熱的に迫ってきて…!?

ISBN 978-4-8137-0769-1／定価：本体640円＋税

『秘密の出産が発覚したら、クールな御曹司に赤ちゃんごと溺愛されています』 藍川せりか・著

大企業の御曹司・直樹とつき合っていた友里だが、彼の立場を思い、身を引いた矢先、妊娠が発覚！ 直樹への愛を胸に、密かにひとりで産み育てていた。ある日、直樹と劇的に再会。彼も友里を想い続けていて「今も変わらず愛してる」と宣言！ 空白の期間を埋めるよう、友里も娘も甘く溺愛する直樹の姿に、友里も愛情を抑えきれず…!?

ISBN 978-4-8137-0770-7／定価：本体630円＋税

『エリート御曹司は獣でした』 藍里まめ・著

地味OLの奈々子は、ある日偶然会社の御曹司・久瀬がポン酢を食べると豹変し、エロスイッチが入ってしまうことを知る。そこで、色気ゼロ・男性経験ゼロの奈々子は自分なら特異体質を改善できると宣言!? ふたりで秘密の特訓を始めるが、狼化した久瀬は、男の本能剥き出しで奈々子に迫ってきて…!?

ISBN 978-4-8137-0771-4／定価：本体630円＋税

タイトル、価格等は変更になることがございますのでご了承ください。

ベリーズ文庫 2019年10月発売

『しあわせ食堂の異世界ご飯5』 ぷにちゃん・著

給食事業も始まり、ますます賑やかな『しあわせ食堂』。人を雇ったり、給食メニューを考えたりと平和な毎日が続いていた。そんなある日、アリアのもとにお城からパーティーの招待が。ドレスを着るため、ダイエットをして臨んだアリアだが、当日恋人であるリベルトの婚約者として発表されたのは別人で…!?

ISBN 978-4-8137-0772-1／定価：本体620円＋税

『追放された悪役令嬢ですが、モフモフ付き!?スローライフはじめました』 友野紅子（とものこうこ）・著

OL愛莉は、大好きだった乙女ゲーム『桃色ワンダーランド』の中の悪役令嬢・アイリーンに転生する。シナリオ通り追放の憂き目にあうも、アイリーンは「ようやく自由を手に入れた!」と第二の人生を謳歌することを決意!　謎多きクラスメイト・カーゴの助けを借りながら、田舎町にカフェをオープンさせスローライフを満喫しようとするけれど…!?

ISBN 978-4-8137-0773-8／定価：本体640円＋税

ベリーズ文庫 2019年11月発売予定

Now Printing

『スパダリ上司とデロ甘同居してますが、この恋はニセモノなんです』 桃城猫緒（ももしろねこお）・著

広告会社でデザイナーとして働くぽっちゃり巨乳の梓希は、占い好きで騙されやすいタイプ。ある日、怪しい占い師から惚れ薬を購入するも、苦手な鬼主任・周防にうっかり飲ませてしまう。するとこれまで俺様だった彼が超過保護な溺甘上司に豹変してしまい…!?

ISBN 978-4-8137-0784-4／予価600円＋税

Now Printing

『あなどれない御曹司』 惣領莉沙（そうりょうりさ）・著

恋愛経験ゼロの社長令嬢・彩実は、ある日ホテル御曹司の諒太とお見合いをさせられることに。あまりにも威圧的な彼の態度に縁談を断ろうと思う彩実だったが、強引に結婚が決まってしまう。どこまでも冷たく、彩実を遠ざけようとする彼だったけど、あることをきっかけに態度が豹変し、甘く激しく迫ってきて…。

ISBN 978-4-8137-0785-1／予価600円＋税

Now Printing

『早熟夫婦～本日、極甘社長の妻となりました～』 葉月（はづき）りゅう・著

母を亡くし天涯孤独になった杏華。途方に暮れていると、昔なじみのイケメン社長・尚秋に「結婚しないか。俺がそばにいてやる」と突然プロポーズされ、新婚生活が始まる。尚秋は優しい兄のような存在から、独占欲強めな旦那様に豹変！　「お前があまりに可愛いから」と家でも会社でもたっぷり溺愛されて…！

ISBN 978-4-8137-0786-8／予価600円＋税

Now Printing

『お見合い婚～スイートバトルライフ』 白石（しらいし）さよ・著

家業を救うためホテルで働く乃梨子。ある日親からの圧でお見合いをすることになるが、現れたのは苦手な上司・鷹取で!?　男性経験ゼロの乃梨子は強がりで「結婚はビジネス」とクールに振舞うが、その言葉を逆手に取られてしまい、まさかの婚前同居がスタート!?　予想外の溺愛に、乃梨子は身も心も絆されていき…。

ISBN 978-4-8137-0787-5／予価600円＋税

Now Printing

『叶わない恋をしている～隠れ御曹司の結婚事情』 砂原雑音（すなはらのいず）・著

カタブツOLの歩実は、上司に無理やり営業部のエース・郁人とお見合いさせられ"契約結婚"することに。ところが一緒に暮らしてみると、お互いに干渉しない生活が意外と快適！　会社では冷徹なのに、家でふとした拍子にみせる郁人の優しさに、歩実はドキドキが止まらなくなり…!?

ISBN 978-4-8137-0788-2／予価600円＋税

タイトル、価格等は変更になることがございますのでご了承ください。

ベリーズ文庫 2019年11月発売予定

『氷の王太子はお飾り妃に愛を誓う』 葉崎(はざき)あかり・著

Now Printing

貴族令嬢・フィラーナは、港町でウォルと名乗る騎士に助けられる。後日、王太子妃候補のひとりとして王宮に上がると、そこに現れたのは…ウォル!? 「女性に興味がない王太子」と噂される彼だったが、フィラーナには何かと関心を示してくる。ある日、ささいな言い争いからウォルに唇を奪われて…!?

ISBN 978-4-8137-0789-9／予価600円＋税

『皇帝の寵妃は、薬膳料理で陰謀渦巻く後宮を生き抜きます！』 佐倉伊織(さくらいおり)・著

Now Printing

薬膳料理で人々を癒す平凡な村人・麗華は、ある日突然後宮に呼び寄せられる。持ち前の知識で後宮でも一目置かれる存在になった麗華は皇帝に料理を振舞うことに。しかし驚くことに現れたのは、かつて村で麗華の料理で精彩を取り戻した青年・劉伶だった！ そしてその晩、麗華の寝室に劉伶が訪れて…!?

ISBN 978-4-8137-0790-5／予価600円＋税

『ポンコツ転生令嬢は偏食聖獣のごはん係になりました』 江本(えもと)マシメサ・著

Now Printing

前世、料理人だったが働きすぎが原因でアラサーで過労死した令嬢のアステリア。適齢期になっても色気もなく、「ポンコツ令嬢」と呼ばれていた。ところがある日、王都で出会った舌の肥えたモフモフ聖獣のごはんを作るハメに！ おまけに、引きこもりのイケメン王子の"メシウマ嫁"に任命されてしまい…!?

ISBN 978-4-8137-0791-2／予価600円＋税

電子書籍限定

恋にはいろんな色がある。

マカロン文庫 大人気発売中!

通勤中やお休み前のちょっとした時間に楽しめる電子書籍レーベル『マカロン文庫』より、毎月続々と新刊発売中！　大好きな人に溺愛されるようなハッピーな恋から、なにげない日常に幸せを感じるほのぼのした恋、届かない想いに胸が苦しくなる切ない恋まで、そのときの気分にピッタリな恋が見つかるはず。

［話題の人気作品］

ママになっても、庇護欲たっぷりの溺愛は止まりません！

『純真ママと赤ちゃんは、クールな御曹司にたっぷり甘やかされてます～ラグジュアリー男子シリーズ～』
若菜モモ・著　定価：本体400円＋税

敏腕弁護士との新婚生活はなぜか“初夜”がお預けで…

『外ではクールな弁護士も家では新妻といちゃいちゃしたい(上)(下)』
水守恵蓮・著　定価：本体各400円＋税

契約の住み込み家政婦のはずがなぜか甘やかされて…

『溺愛は君のせい～クールな社長の独占欲』
田崎くるみ・著　定価：本体400円＋税

偽りの婚約者だったのに、イジワル社長から溺愛されて…

『偽装結婚ならお断りです!? ～お見合い相手はイジワル社長～』
日向野ジュン・著　定価：本体400円＋税

各電子書店で販売中

honto　amazonkindle
BookLive!　Rakuten kobo　どこでも読書

詳しくは、ベリーズカフェをチェック！

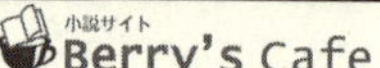

http://www.berrys-cafe.jp

マカロン文庫編集部のTwitterをフォローしよう
@Macaron_edit　毎月の新刊情報をつぶやきます♪